C'EST VERT ET ÇA MARCHE !

Jean-Marie Pelt est professeur émérite de biologie végétale et de pharmacologie à l'université de Metz et président de l'Institut européen d'écologie. Il a publié de nombreux ouvrages chez Fayard.

Paru dans Le Livre de Poche :

JEAN-MARIE PELT
avec la collaboration de Franck Steffan

C'est vert
et ça marche !

FAYARD

ISBN : 978-2-253-12268-5 – 1re publication LGF

Prologue

Noël 1999 : une tempête exceptionnelle souffle à travers l'Europe occidentale. Sur le Rhin, les vents atteignent 200 km/heure. Du jamais-vu !

Été 2003 : une canicule avec des pointes dépassant les 40 °C fait près de 15 000 morts en France et 30 000 en Europe. Un peu partout, des records de chaleur absolus, jamais enregistrés depuis la fin du XIXe siècle, époque à laquelle les stations météorologiques furent installées, sont atteints.

Été 2005 : La Nouvelle-Orléans est dévastée par un cyclone.

Été 2006 : nouvelle et longue canicule. On enregistre des pics de chaleur à l'extrême ouest du continent ainsi qu'en Grande-Bretagne, sous climat atlantique, réputé tempéré.

Le climat change et chacun le voit. C'est, pour l'instant, le signe le plus tangible d'un bouleversement écologique majeur qui s'annonce.

La crise pétrolière tire le prix du baril vers le haut. Dans quel état de délabrement serait l'économie mondiale si, de surcroît, une grave tension au Moyen-Orient amenait à fermer les robinets ?

Nos futurs dirigeants seront-ils à même de faire face

et de prendre les mesures drastiques qui s'imposent pour éviter le pire à nos enfants ? On parle à tout bout de champ de la croissance, génératrice d'emplois. Le thème est récurrent à droite comme à gauche. Mais on parle autant désormais de la crise écologique majeure qui menace et donc de notre propre survie.

Cet ouvrage rejette tout catastrophisme. Il ouvre des pistes positives et salvatrices. Il suffit de les suivre avec rigueur et vigueur : nous éviterons ainsi le scénario catastrophe. Tout est encore possible, y compris le meilleur.

PREMIÈRE PARTIE

Il est tard, mais pas trop tard

1

Non au scénario catastrophe !

La question de l'avenir est au cœur de l'aventure humaine. Depuis la nuit des temps, les hommes ont tenté de se projeter dans le futur, au-delà de la mort. Et dans nos sociétés sécularisées, marquées du sceau du progrès, les parents veulent pour leurs enfants une vie meilleure que la leur. C'est à cette tâche que s'emploient les acteurs du progrès ; car, selon le célèbre adage des « Trente Glorieuses », « le progrès scientifique et technique génère le progrès économique et social ». Progrès dont les fruits doivent être récoltés en continu dans une marche ininterrompue vers des lendemains qui chantent.

Pourtant l'évolution à long terme dépasse les préoccupations des politiques et autres décideurs contraints d'avancer « le nez dans le guidon ». Car dans les démocraties soumises au rythme des consultations électorales, les résultats doivent être perceptibles à très court terme. Plus avant, nul ne sait ce qu'il adviendra. Peut-être le Déluge.

Imaginons l'avenir d'un enfant naissant à l'instant même. Et imaginons parallèlement qu'aucune inflexion ne soit donnée à la course au progrès, à la croissance et au développement purement quantitatifs tels qu'ils se poursuivent à l'heure actuelle, dopés par la mondialisation de l'économie. Comment sera notre planète quand cet enfant atteindra 70 ans ?

À 40 ans, le nouveau-né d'aujourd'hui connaîtra probablement un monde sans pétrole, et à 60 ans un monde sans gaz, car il n'aura fallu que deux siècles – 1850-2050 – pour épuiser ces ressources accumulées au sein de la Terre pendant des millions d'années. Mais, en même temps, tout le carbone contenu dans ces ressources fossiles, sans oublier le charbon, qui pourra être exploité nettement plus longtemps, aura été renvoyé dans l'atmosphère sous forme de gaz carbonique. Or ce gaz et quelques autres issus de nos activités agricoles, industrielles et domestiques, le méthane et les oxydes d'azote notamment, s'y sont accumulés dans des proportions qui n'ont jamais été atteintes depuis au moins 650 000 ans. C'est ce que révèle l'analyse des bulles d'air emprisonnées dans les glaces de l'Antarctique. Ces gaz sont responsables du fameux « effet de serre », que chacun expérimente aisément en été lorsque, laissant sa voiture en plein soleil toutes vitres fermées, il y constate, à son retour, une chaleur torride. Les vitres ont agi comme elles font dans une serre : elles ont retenu le rayonnement solaire incident en diminuant sa réfraction dans l'espace. C'est ce qui se produit dans l'atmosphère où les gaz à effet de serre agissent à la manière d'une vitre et produisent les mêmes conséquences. De sorte que les températures au sol sont directement proportionnelles à la concentration dans l'atmosphère des gaz à effet de serre.

Au cours des 650 000 dernières années, on a pu établir, grâce à l'analyse des carottes prélevées dans les glaces de l'Antarctique, que les températures ont toujours été proportionnelles aux quantités de gaz carbonique présentes dans l'atmosphère terrestre. Or plus nous brûlons de combustibles fossiles dans nos usines, nos appartements, nos voitures, plus les gaz qui en résultent s'accumulent et plus la Terre se réchauffe. Les teneurs de l'atmosphère en gaz carbonique sont passées de 280 PPM (parties par million) au début de l'ère industrielle à 370 PPM en 2001. Parallèlement, la température moyenne de la planète s'est élevée de 0,6 °C au XXe siècle – et de près de 1 °C en France. Les spécialistes du Groupe international d'experts sur le climat (GIEC) prévoient pour la fin du XXIe siècle une augmentation moyenne des températures terrestres comprise entre 1,4 et 5,8 °C. Cette amplification s'accompagnera, selon ces experts, d'une multiplication et d'une aggravation des épisodes météorologiques extrêmes : tempêtes, cyclones, canicules, inondations, sécheresses, etc. – ce que chacun peut d'ailleurs constater d'ores et déjà partout dans le monde. Ainsi, lorsqu'il aura 50 ans, notre nouveau-né devra affronter tous les deux ans des canicules semblables à celles de 2003 ou 2006, sans doute avec des pics de température plus élevés que ceux que nous avons alors connus. Les inondations seront monnaie courante et les sécheresses récurrentes auront fini par avoir raison des cultures de maïs, particulièrement avides d'eau en été.

L'augmentation des températures étant plus forte dans les régions polaires, la fonte des banquises et des glaciers, déjà préoccupante, s'accélérera : plus de

neige sur le Kilimandjaro ! Des sports d'hiver devenus
problématiques ! Une augmentation du niveau des
océans, en fin de siècle, de l'ordre de 50 à 80 centimètres, due au réchauffement de l'eau, qui induit leur
dilatation, et, dans une moindre mesure, à la fonte des
banquises. Cette montée du niveau des océans met dès
à présent en péril des atolls comme celui de Tuvalu,
dans le Pacifique, ainsi que les bas pays qui ne se
trouvent pas qu'aux Pays-Bas, mais en de nombreux
points du globe, notamment les deltas. Particulièrement menacé, le Bangladesh, où 130 millions d'habitants vivent au ras des flots. Ainsi, en sus des
traditionnelles inondations dues aux rivières et aux
fleuves, devra-t-on s'accoutumer à celles résultant de
la lente, insidieuse mais irrésistible montée des mers.

Un autre facteur contribue à perturber le climat : le
déboisement rapide des forêts tropicales humides en
Amazonie, en Afrique et en Asie du Sud-Est. On sait
que les arbres transpirent et contribuent ainsi à la formation des nuages, donc des pluies. S'il n'y a pas
d'arbres dans le désert, c'est parce qu'il n'y pleut pas,
pense-t-on communément. Mais l'écologie nous invite
à inverser la formule : s'il n'y pleut pas, c'est aussi
parce qu'il n'y a pas d'arbres, donc pas de transpiration, et donc pas de pluie. Ainsi, selon la belle formule
de Chateaubriand, « les forêts précèdent les hommes,
les déserts les suivent ». Or la déforestation touche
chaque année des superficies égales à celle de
l'Autriche, de la Suisse et de la Slovénie réunies
(140 000 km^2).

Ce scénario de désertification est aisément percep-
tible au nord du golfe de Guinée, en Afrique, où le

recul des forêts entraîne une diminution régulière de la pluviométrie. Le Sahel gagne vers le sud au détriment des forêts, et ce n'est pas toujours, comme on le croit, l'agriculture qui les remplace. Les sols des forêts tropicales humides sont fragiles, et la mince couche d'humus est emportée par les pluies équatoriales, fréquentes et violentes. La roche est mise à nu et seule s'y développe une végétation maigre ou une agriculture médiocre sur des espaces ensuite abandonnés par les cultivateurs. Tandis que les forêts disparaissent, disparaissent en même temps d'innombrables espèces animales et végétales qu'elles abritaient, érodant ainsi cette fameuse « biodiversité » qui est la caractéristique même de la vie.

La vie doit en effet son équilibre et son dynamisme à la coexistence de nombreuses espèces dont l'homme n'a pas manqué de tirer profit en utilisant les animaux domestiques ou les plantes alimentaires, médicinales, cosmétiques ou autres. Bref, « tirer » sur la biodiversité, c'est comme épuiser ses réserves ou dévaliser sa banque. Il en va de même en Europe : notre nouveau-né verra-t-il encore demain des bluets et des coquelicots ? Ou, au contraire, la nature continuera-t-elle à s'appauvrir, à s'uniformiser et du même coup à se fragiliser ? Rien de plus fragile, en effet, que les monocultures qui ne tolèrent aucune biodiversité, quand une seule espèce est cultivée à l'exclusion de toute autre. Au milieu du XIXe siècle, de 1846 à 1848, les Irlandais ont pu s'en rendre compte avec la dramatique invasion du mildiou qui ruina leurs monocultures de pommes de terre et les contraignit à une terrible famine, suivie d'une immigration massive aux États-Unis. On dénombra alors pas moins de 1 million de morts et 500 000 immigrés.

Notre nouveau-né risque aussi de connaître des océans sans poissons. En 1992, le Canada, inquiet de l'épuisement des stocks de morues, en a interdit la pêche ; quinze ans plus tard, contre toute attente, les morues ne sont pas réapparues. On attribue cette étrange disette au fait que, sous l'influence du réchauffement climatique, la composition du plancton marin s'est modifiée et les morues n'ont plus trouvé les éléments du zooplancton à leur goût. La menace de surpêche est aussi très actuelle, comme l'illustrent les injonctions répétées de l'Union européenne en faveur de pratiques moins prédatrices, susceptibles d'assurer la pérennisation des ressources halieutiques.

Quel air respirera-t-on demain dans les villes ? L'eau potable sera-t-elle disponible partout dans le monde ? Autant de questions problématiques pour l'avenir de nos enfants.

On doit s'interroger aussi sur la longévité de notre nouveau-né dans un monde où l'accroissement des cancers et des maladies liées à l'obésité devient préoccupant. Le bébé deviendra-t-il centenaire, comme on ne cesse de nous le dire ? Peut-être, si des mesures extrêmement courageuses sont prises en matière d'hygiène alimentaire et de contrôle de la chimie. L'imprégnation de l'environnement et de nos organismes, au cours du siècle écoulé, par des myriades de molécules de synthèse et étrangères à la nature joue sans doute un rôle important dans la promotion des cancers. De même une alimentation trop grasse et trop sucrée, s'accompagnant d'une sédentarité accrue, pèsera sans doute lourdement sur l'espérance moyenne de vie dans le futur. L'immobilité des acteurs de la vie contemporaine, qui passent désormais douze heures par jour assis devant un écran, laisse mal augurer de l'état de santé de la génération future, celle de nos propres enfants.

On s'interroge enfin sur les chances de notre nouveau-né, s'il s'agit d'un garçon, d'avoir des enfants. Les cas de stérilité masculine et de cancers des testicules se multiplient, sans doute liés à l'utilisation massive des pesticides et de diverses autres molécules. La gent masculine perdrait 1 % de ses spermatozoïdes chaque année. Sera-t-elle vouée à l'infertilité ? Que se passerait-il si nous devions continuer à répandre sans modération des pesticides, et qu'en sera-t-il de notre nouveau-né s'il doit consommer tous les jours, des années durant, des organismes génétiquement modifiés (OGM) dont l'impact sur la santé sera d'autant plus problématique qu'eux-mêmes contiendront des traces de pesticides ?

Un scénario catastrophe se dessine ainsi à l'horizon, qui impose des changements rapides et radicaux si nous ne voulons pas que notre légèreté fasse le malheur de nos enfants. Sans oublier celui qui frappe toujours les pays pauvres et les pauvres des pays riches, soumis à des conditions de vie inacceptables.

Le capitalisme, le libéralisme, le marxisme, le communisme, le socialisme sont des doctrines économiques des XVIIIe et XIXe siècles. Pourtant nous continuons à en faire notre nourriture intellectuelle, et nos sociétés persistent à se définir en fonction de ces idéologies. L'écologie est la seule idée neuve du XXe siècle.

Elle a entraîné dans son sillage l'émergence du concept de développement durable, visant à assurer à nos enfants et à leurs propres enfants, de génération en génération, une Terre viable et riche en ressources – une planète que nous n'aurions pas honteusement exploitée et dénaturée. C'est en mettant en œuvre ces concepts nouveaux dans toutes leurs dimensions – économiques, écologiques, sociales, éthiques – que nous parviendrons à relever les défis du futur. Car si nous devions échouer, nous n'aurions aucune chance d'éviter le scénario catastrophe. Et pas même l'excuse de dire : « Nous ne savions pas », puisque, désormais, il est bien clair que nous savons à quoi nous en tenir si nous persistons dans nos comportements erronés. L'heure est venue de remettre en cause les dogmes économiques et politiques en vigueur ; l'heure est à la *résilience*.

N'hésitons pas à remettre en cause, en particulier, le dogme du capitalisme, désormais plus financier qu'entrepreneurial, qui partout domine le monde avec l'émergence du concept de « globalisation ». Aucun élu, aucun homme politique n'a jamais décidé démocratiquement la mondialisation. Nul n'en contrôle les effets. Tandis que les pays du Sud, au fur et à mesure que la mondialisation détruit leurs traditions et leurs structures familiales et communautaires, sont de plus en plus pauvres et de plus en plus éprouvés, les pays du Nord accumulent des richesses de plus en plus inégalement réparties. Celles-ci se concentrent entre les mains de quelques-uns, puisque, dit-on, 225 familles détiennent plus de richesses que les 2,5 milliards de Terriens les plus pauvres ! Et tandis qu'une infime minorité de privilégiés, notamment dans le monde des affaires, du sport ou du showbiz, courtisés et promus par les médias, accumule les richesses, toujours plus nombreux sont ceux qui basculent sous le seuil de pauvreté, y compris dans les pays riches, aux États-Unis et en Europe, mais aussi en Chine, victime d'un néo-capitalisme particulièrement peu respectueux des droits des personnes.

Si tous les Terriens vivaient comme un Américain, il faudrait cinq planètes semblables à la nôtre pour fournir les ressources nécessaires à leurs besoins. Il en faudrait trois si tous vivaient comme un Européen de l'Ouest. Et tandis que la Chine et l'Inde s'invitent au banquet en poussant plus loin encore le modèle américain de développement et de croissance, l'Afrique s'effondre et les disparités s'aggravent. Où va la Terre, prise dans ce tourbillon générateur à la fois de fortunes honteuses et de misères abyssales ? Saurons-nous réorienter un mode de développement lourdement matérialiste, si peu préoccupé d'équité et de progrès humain ?

2

Un monde qui s'emballe

Le scénario catastrophe peut être conjuré. Tout est encore réversible, hormis les modifications climatiques auxquelles il faudra bien s'adapter, faute de pouvoir les éviter totalement. Les libéraux parlent de la nécessité de réformes quand ils réclament plus de libéralisme ; c'est en effet de réformes que nous avons besoin, mais pour plus de régulation. Le changement est possible. Certes, il est déjà tard, très tard, mais pas trop tard.

Pour mieux comprendre l'évolution en cours et la plausibilité du scénario catastrophe, il nous faut nous tourner vers le passé, prendre conscience de l'énorme tourbillon qui nous emporte et nous mène à une vitesse vertigineuse là où nous ne voudrions sans doute pas aller. Car l'évolution s'accélère prodigieusement, bouleversant les modes de vie et imposant à tous son rythme infernal.

On est surpris lorsque l'on compare l'énormité des temps géologiques nécessaires à la mise en œuvre des mécanismes de l'évolution et du déploiement de la vie (3,5 milliards d'années), la relative brièveté des temps protohistoriques et historiques (5 000 ans au plus), et la rapidité véritablement inouïe de l'époque contemporaine (90 % des découvertes scientifiques de l'histoire de l'humanité ont été faites au cours du dernier siècle). L'histoire qui nous fut enseignée se déploie sur 2 000 ans, et 100 générations seulement nous séparent de l'époque du Christ, alors que 100 000 se sont succédé depuis l'origine de l'humanité. Décidément, le Christ est venu bien tard, et plus tard encore la révolution industrielle, puis la révolution technologique qui a réussi à transformer le monde de fond en comble en quelques dizaines d'années seulement. Il y a dix ans, nous n'avions pas encore de portables. Alors que les phénomènes géologiques se comptent au mieux en centaines de milliers d'années, les évolutions sociétales emportées par le progrès technologique se succèdent à un rythme époustouflant. Une seule vie d'homme permet de saisir l'accélération du phénomène.

Souvenirs d'enfance... Au cours de la Deuxième Guerre mondiale, en Auvergne, dans les fermes les plus reculées, la vie était peu différente de ce qu'elle était en l'an mil : sols en terre battue, toits de chaume, chauffage et cuisine à l'âtre, eau tirée du puits, lit situé sur l'étable car la chaleur animale réchauffe, déplacements en charrette tirée par un âne. Ni électricité, ni téléphone, ni voiture, ni aucun des avantages technologiques qu'ils génèrent. L'autarcie était totale : on pressait l'huile de colza, on fabriquait le savon, on filait la laine au rouet et on tricotait. Les produits de la ferme et du jardin pourvoyaient à tous les besoins. Et l'on rencontrait des paysans heureux... Telle fut ma propre vie pendant la dernière guerre.

Soixante ans plus tard, le progrès est passé par là. Le changement est prodigieux. Nous voici entièrement livrés à nos robots et à nos machines, totalement dépendants des énergies fossiles et des technologies, consommateurs boulimiques et dispendieux de mille objets et gadgets inutiles. Jusqu'à quand l'évolution pourra-t-elle se poursuivre à ce rythme ? Infiniment et indéfiniment ? Le sort promis à l'humanité serait-il celui d'une supernova qui explose soudain en un formidable feu d'artifice, celui auquel nous assistons aujourd'hui de par l'envolée technologique, ou bien celui d'une naine rouge, ces étoiles qui implosent en fin de vie, s'affaissant sur elles-mêmes après avoir brûlé tout leur combustible ?

L'évolution s'accélère, le temps se resserre, les modes de vie ont davantage changé au cours du dernier siècle qu'en un million d'années.

« En ces jours d'avant le Déluge, on mangeait et on buvait, on se mariait ou on donnait en mariage, jusqu'au jour où Noé entra dans l'arche ; et on ne se doutait de rien jusqu'à ce que vînt le Déluge qui les emporta tous[1]... » Comme ces hommes d'avant le Déluge, nous vivons dans une étrange insouciance. Aujourd'hui, le showbiz, la téléréalité, la pub, les modes et les « tendances » nous bercent, nous anesthésient, nous endorment. Immensément loin de la nature, nos jeunes vivent hermétiquement « musicalisés » et « technologisés ». Rares sont les veilleurs qui regardent au loin. Les jeunes font de longues études – toujours plus haut –, puis regardent la télé – toujours plus bas, toujours plus agressif. Jour après jour, les

---

1. Évangile de Matthieu, 24, 38-39.

« actus » défilent ; un événement, une mode chasse l'autre. La grippe aviaire menace, déclenchant à la télévision une véritable pandémie médiatique. Puis elle s'évanouit, subitement « guérie » par l'affaire du contrat première embauche (CPE). Difficile de prendre du recul. De prendre conscience qu'on ne peut continuer ainsi à se laisser emporter par le train fou du progrès, cette frénésie alimentée par la boulimie de l'argent, si étrangère aux sagesses antiques, à la quête d'intériorité, à l'évolution spirituelle de l'homme.

En poursuivant sur cette lancée, en prolongeant les lignes évolutives du présent, on peut craindre qu'il ne soit difficile d'éviter le scénario catastrophe – ce que le commun des mortels appelle « aller dans le mur ». Faut-il alors s'attendre au pire mode de régulation qui soit, la régulation par la guerre ? Un risque d'embrasement généralisé n'est pas à exclure. La rapide montée en puissance de la Chine et de l'Inde, le durcissement des fractions intégristes du monde musulman génèrent des tensions toujours plus fortes. Partout, d'élections en élections, dans les points chauds du globe, ce sont les « durs » qui gagnent : en Iran, en Palestine, en Israël, en Algérie, en Pologne et naturellement aux États-Unis, où George Bush a battu le candidat démocrate John Kerry. Dans leur sillage, les intégrismes se renforcent, s'affrontent et entendent bien en découdre. Les hommes de paix sont rares et vite éliminés : Gandhi, Martin Luther King, Rabin, Sadate et, bien avant eux, Socrate et Jésus... Ils nous manquent et, en ces temps, on n'entend plus guère leurs messages ni leurs voix. Où est la relève ?

Après la chute du mur de Berlin, on nous promettait, grâce au triomphe du libéralisme et à l'expansion sans fin des échanges marchands, la fin des guerres, de la pauvreté – bref, la « fin de l'Histoire ». Internet rassemblerait le village planétaire dans le dialogue fraternel des cultures, des valeurs partagées au cœur d'une humanité conviviale et réconciliée. Quinze ans après, rien de tout cela ne s'est produit. Pis : aujourd'hui, un nouveau conflit mondial n'est pas à exclure.

On comprend mieux, en testant tous les scénarios envisageables, y compris les pires, l'intérêt de réussir la percée de la solution écologique et la promotion de ses valeurs. Là se dessine la possibilité d'une résilience salvatrice.

3

Pour la résilience et la survie

Boris Cyrulnik a donné au concept de *résilience* une notoriété exceptionnelle. Il l'a en effet appliqué à la capacité des êtres humains de surmonter des épreuves qui auraient pu les briser[1] : comme un métal soumis à un choc et qui, par résilience, offre une résistance et ne casse pas. Telle est l'origine de ce mot. Dans les encyclopédies, le terme renvoie à « résistance ». Être résilient, c'est résister. Selon la terminologie actuelle popularisée par l'œuvre de Cyrulnik, c'est passer au-delà, et, comme on aime à le dire aujourd'hui : se reconstruire.

Le terme a d'abord été utilisé par les biologistes à propos des poissons. Voici ce qu'en dit le *Grand Larousse* : la résilience est « la résistance naturelle d'une race de poissons en fonction de sa fécondité. Les cyprins, qui pondent des œufs par centaines de mille, ont un taux de résilience élevé. Les salmonidés, au contraire, un faible taux de résilience ». Les écologistes ont eux aussi adopté ce terme ; la résilience est

---

1. B. Cyrulnik, *Parler d'amour au bord du gouffre*, Odile Jacob, 2004.

à leurs yeux la capacité d'un écosystème à amortir les perturbations : interventions humaines intempestives, effets de catastrophes, conséquences du réchauffement climatique, par exemple. Ce mot est également présent dans les sciences humaines. En 1936, Paul Claudel écrivait dans *L'Élasticité américaine* : « Il y a, dans le tempérament américain, une qualité que l'on traduit là-bas par le mot *resiliency*, pour lequel je ne trouve pas en français de correspondant exact, car il unit les idées d'élasticité, de ressort, de ressource et de bonne humeur[1]. »

Mais, à présent, c'est de la résilience même de la vie et de l'homme qu'il s'agit. La vie, l'homme sauront-ils faire face aux défis du futur évoqués dans le scénario catastrophe et rendus plausibles par une évolution au rythme dévoyé ?

D'aucuns font remarquer que les espèces ne sont pas durables. 99 % des espèces engendrées par la vie depuis ses origines se sont éteintes. Dans l'immensité des temps géologiques, les espèces végétales et animales n'ont pas cessé de se remplacer les unes les autres par la mise en œuvre des mécanismes de l'évolution dont – malgré la vogue du darwinisme qui n'explique qu'une partie des processus – nous ne savons pas tout. Avec ses 200 000 ans, notre espèce est encore très jeune quand on la compare à l'espérance moyenne de vie de la plupart des espèces, qui s'établit autour de 5 à 10 millions d'années. Il est vrai que d'autres espèces d'homoïdes nous ont précédés ; mais toutes ont disparu. La nôtre serait-elle à son tour menacée, en voie de perdition ? C'est ce que pensent nombre

---

1. Cité dans *Le Monde diplomatique*, août 2003.

d'écologistes contemporains, et non des moindres[1]. Pour tenter de répondre à cette question, il convient d'éclairer à nouveau le présent à la lumière du passé, mais, cette fois, du passé le plus lointain.

Depuis ses origines, en particulier depuis les dernières centaines de millions d'années, la vie a connu des épreuves sévères dont elle a triomphé : c'est sa résilience.

Les géologues sont relativement discrets sur les premiers milliards d'années de son histoire. La vie apparaît avec des fossiles bactériens vieux de 3,5 milliards d'années. Ces êtres microscopiques, les archéobactéries, précèdent de plus de 2 milliards d'années la première cellule identique à celles dont nous sommes nous-mêmes constitués. Dans les couches géologiques empilées au fur et à mesure que s'est écoulé le flot majestueux du temps, les paléontologues détectent de nombreuses espèces animales et végétales aujourd'hui disparues. Ils ont séparé les temps géologiques en ères successives, chacune caractérisée par des fossiles spécifiques. Or il se trouve qu'entre l'ère primaire et l'ère secondaire, il y a 252 millions d'années, de minces couches dépourvues de fossiles ont pu être repérées : tout se passe alors comme si la vie avait subitement disparu de la surface de la Terre.

Des recherches récentes portant sur la géologie du nord de la Sibérie ont montré qu'à cette époque un volcanisme intense sévissait sur la planète. Une longue et large faille avait crevé la croûte terrestre et vomissait des laves basaltiques qui se répandirent sur des

1. Y. Paccalet, *L'humanité disparaîtra : bon débarras !*, Arthaud, 2006.

milliers de kilomètres carrés. Une activité volcanique
d'une telle intensité s'accompagna naturellement du
rejet dans l'atmosphère de nuages de cendres qui fini-
rent par obscurcir le soleil. Les animaux de cette
époque ne distinguaient plus qu'un vague rougeoie-
ment dans un ciel dont l'azur n'était plus qu'un souvenir. La Terre, privée du rayonnement solaire, se
refroidit et un terrible hiver s'abattit sur la planète.

Un tel scénario, mais dans une version moins dramatique, a pu être observé au cours des temps historiques : en 1783. C'est alors que se produisit une
éruption au sud de l'Islande, à proximité d'une bourgade au nom exotique de Kirkjubaejarklaustur. Là
s'ouvrit une large fissure volcanique ; 12 kilomètres
cubes de lave furent rejetés en huit mois, et les cendres
volcaniques éjectées dans l'atmosphère de l'hémis-
phère Nord firent chuter la température de un degré
pendant quelques années. Cet important changement
climatique a été étudié par Benjamin Franklin, alors
ambassadeur des États-Unis à Paris. C'est à lui que
l'on doit les constats consécutifs à cette éruption
en Europe. Il écrit : « Le ciel était obscurci par les
cendres volcaniques ; ce fut un été sans soleil ; il nei-
gea au mois d'août, et l'hiver fut l'un des plus rudes
de mémoire d'homme. » Cet hiver mémorable s'est
prolongé durant l'été suivant ; ce fut la fameuse année
sans été, sans raisin, sans vin, sans blé, non seulement
en Europe, mais aussi en Amérique du Nord, au Japon
et en Chine. On a souvent évoqué cet épisode comme
l'une des causes de la Révolution française, car cette
situation météorologique gravissime avait affamé les
paysans et les populations des villes, déclenchant les
révoltes qui suivirent.

Lors de la grande période de volcanisme d'il y a 252 millions d'années, de fortes quantités de gaz carbonique furent aussi émises dans l'atmosphère. Quand les cendres se furent déposées, ce gaz carbonique entraîna un puissant effet de serre. La Terre, d'abord refroidie par les nuages de cendres, vit sa température augmenter de 5 °C (augmentation qui serait à nouveau plausible au cours du seul XXIe siècle si les dégagements de gaz à effet de serre devaient s'amplifier, confirmant alors l'hypothèse haute des climatologues). Le réchauffement entraîna sur toute la Pangée – le continent unique tel qu'il se présentait à cette époque – une formidable sécheresse qui élimina un grand nombre d'espèces. Pourtant, selon les spécialistes, celle-ci ne fut pas suffisante pour provoquer l'éradication dramatique qui emporta, pense-t-on, pas moins de 95 % de toutes les espèces présentes sur les terres et dans les océans. Pour expliquer cette éradication drastique constatée dans les couches géologiques séparant la fin de l'ère primaire, le Permien, du début de l'ère secondaire, le Trias, il fallait une augmentation des températures beaucoup plus forte, de l'ordre de 10 °C. En somme, si les éruptions massives de Sibérie eurent un effet dévastateur, celui-ci ne fut pas apocalyptique. Un autre phénomène dut sans doute se produire : mais lequel ?

Ici entre en scène un géologue de l'université de Leeds (Grande-Bretagne), Paul Wignall. Wignall travaille au Groenland sur une mince bande de sédiments situés exactement au-dessus de ceux du Permien et en dessous de ceux du Trias, c'est-à-dire dans la zone correspondant à la grande extinction. Cette couche est très pauvre en fossiles. Wignall tombe alors sur un indice surprenant : ses échantillons de terre contiennent une quantité anormalement élevée d'un isomère du carbone généralement produit par la décomposition massive de matière organique végétale ou animale, ultime trace de l'extinction. L'énigme posée par l'accumulation de cet isomère est résolue par Gerald Dickens, de la Rice University du Texas, un géologue spécialiste des énergies nouvelles. Dickens étudie les hydrates de méthane, des gisements sous-marins où d'importantes quantités de méthane sont stockées. Ce méthane se forme sous l'eau par l'action de bactéries anaérobies qui décomposent les matières organiques végétales ou animales déposées dans les mers. Ces dérivés de méthane se forment dans des conditions précises de température et de pression, mais ils se décomposent, lorsque la température augmente, en dégageant du gaz méthane. C'est ce qui se produisit sans doute à l'époque. Or le méthane engendre un effet de serre beaucoup plus important que le gaz carbonique. Le réchauffement, dans ces conditions, s'amplifia, atteignant environ 5 °C et touchant aussi les océans, où l'extinction d'espèces fut massive. Ainsi la température moyenne de la Terre augmenta au total de plus de 10 °C. Nombreuses furent les espèces qui ne parvinrent pas à s'adapter à un changement d'une telle ampleur. À titre de comparaison par rapport aux températures actuelles, un refroidissement de 5 °C entraînerait une glaciation identique à celle qui sévit il y a quelques dizaines de milliers d'années, lorsque la banquise arctique descendait jusqu'à Londres, Amsterdam et Hambourg, à la fin de la dernière des grandes glaciations du quaternaire. On imagine l'effet d'un changement de température de 10 °C en sens inverse !

La grande extinction des espèces vivantes, marines et terrestres, de la fin de l'ère primaire semble s'être étendue sur quelques dizaines de milliers d'années. Ce fut la plus vaste extinction des espèces de toute l'histoire de la Terre. Certes, avant elle, en pleine ère primaire, il y a 440 millions d'années, à la fin de l'Ordovicien, lorsque la vie n'était encore cantonnée que dans les océans, de nombreuses espèces de planctons et de coraux disparurent. Il y a 370 millions d'années, une extinction non moins spectaculaire se produisit. Et c'est sans oublier la célèbre extinction de la fin de l'ère secondaire, il y a 65 millions d'années, sans doute due à la chute d'une énorme météorite qui entraîna la disparition des dinosaures. Toutefois, aucune de ces extinctions ne fut aussi massive que celle de la fin de l'ère primaire, au Permien, que nous venons d'évoquer.

Les fossiles découverts dans la région de Karoo, en Afrique du Sud, donnent une idée de la flore et de la faune emportées par ce cataclysme. Cette région aujourd'hui désertique, non loin de la ville du Cap, était une oasis de verdure : les fougères y étaient nombreuses et les dinosaures n'existaient pas encore, mais leurs ancêtres étaient déjà là, repérés par leurs ossements, leurs dents ou leurs griffes. Ces animaux, ancêtres des reptiles et des mammifères, avaient une vie entièrement terrestre. Parmi eux, les dicynodontes étaient des herbivores de la taille d'un hippopotame. Mais le roi de cette jungle permienne était le dinogorgon, redoutable prédateur sans doute de ces herbivores. Il se jetait sur leur dos, perçait leur cuir épais et se repaissait de leur chair. Soudain, il y a 252 millions d'années, tous ces animaux disparurent : dans cette région, plus aucun témoin de la vie n'est repérable dans les couches géologiques de la fin du Permien, ni plantes ni fossiles d'animaux. En revanche, les chercheurs eurent plus de chance en Russie et en Chine, où ils découvrirent, dans des couches très pauvres en fossiles de la même époque, les restes d'un étrange animal : le lystrosaurus. Cet animal avait deux dents supérieures en forme de défenses, tandis que les autres étaient remplacées par une mandibule cornée. On en déduit qu'il s'agissait d'un herbivore. Il avait la taille d'une vache et repeupla les forêts qui se formèrent à nouveau après le long et terrible épisode de sècheresse de la fin du Permien. Ce lystrosaurus est parvenu à franchir l'obstacle, à traverser la crise. C'est l'archétype du résilient. Nous lui devons tout, car ses lointains descendants sont les mammifères, donc aussi les primates et, naturellement, les hominidés, dont nous sommes. Les cruels carnivores si complaisamment mis en scène dans les récentes productions cinématographiques où on les voit, farouchement agressifs, reconstitués en 3D, n'ont pas survécu. La vie, pour continuer, a misé sur une humble sorte de « vache ». Ce n'est ni le plus robuste, ni le plus gros, ni le plus cruel qui a gagné. Où donc est la fameuse loi du plus fort ? Il arrive, on le voit, que la vie prête au plus faible.

Il a fallu des temps très longs, qu'on estime à 10 millions d'années, pour qu'après une extinction aussi massive la vie réussisse à exploser de nouveau,

donnant naissance à d'innombrables espèces nouvelles. *Patiens quia aeterna* (« patiente parce que éter-
nelle »), l'évolution est lente. Mais elle a repris son
cours. Magnifique exemple de résilience après une
véritable apocalypse ! Preuve que la vie sait rebondir [1].

Le scénario de la fin du Permien est somme toute on
ne peut plus actuel. Au départ, un fort réchauffement
climatique dû à une aggravation des dégagements de
gaz carbonique produits par de violentes éruptions volcaniques. Aujourd'hui, de tels dégagements sont dus à
la combustion de carburants fossiles : charbon, pétrole
et gaz brûlés dans nos usines, nos chaudières, nos voitures, nos avions. Dans les deux cas, le scénario permien et le scénario humain produisent les mêmes
effets : un réchauffement climatique menaçant de très
nombreuses espèces. Comme s'y ajoute toute une série
d'autres facteurs érodant la biodiversité (gigantesque
déboisement des zones tropicales biologiquement très
riches, grands travaux de génie civil, assèchement des
zones humides, urbanisation, pollutions, etc.), celle-ci
est prise en tenailles, de sorte qu'elle disparaît déjà
cent à mille fois plus vite que si l'homme n'était pas
là. Et comme le réchauffement fait fondre le permafrost – ces sols des hautes latitudes gelés en permanence –, le méthane qu'il contient en abondance
pourrait bien lui aussi se répandre dans l'atmosphère,
à l'instar de ce qui advint à la fin du Permien, renfor-
çant par un effet boule de neige le réchauffement. Puis
du méthane se dégagerait par décomposition des
hydrates de méthane dans les océans si ceux-ci, par

---

1. L'extinction du Permien : énigme résolue ? Recherches sur
Internet, sources diverses (synthèse de dix-huit sites).

suite de l'enchaînement de ces phénomènes en cascade, venaient à se réchauffer suffisamment. C'est là une hypothèse plausible mais non certaine. Toujours est-il qu'avec une telle hausse des températures, rares seraient les espèces qui parviendraient à s'adapter.

Surgit alors une nouvelle question : quelles espèces résisteraient à un tel scénario, et les humains seraient-ils les mieux placés pour l'affronter ? Où serait la résilience dans une telle hypothèse ?

Une première réponse portant sur l'ensemble des espèces vivantes en appelle au concept de biodiversité, qu'il convient ici d'approfondir. Ce concept, omniprésent dans le discours écologique, est généralement mal compris par la plupart de nos contemporains. Il part d'un constat : plantes, animaux, humains, nous sommes tous différents. On ne compte pas moins de 1 750 000 espèces répertoriées, sans parler de toutes celles qui restent à découvrir – peut-être dix fois plus ! Appliqué à notre espèce, le respect de la différence est devenu une valeur fondatrice des temps modernes, s'opposant au racisme qui vise à rejeter le différent et à n'accepter que ceux qui nous ressemblent. Dans notre espèce comme dans toutes les autres, chaque individu est spécifique, caractérisé par ses empreintes digitales, l'iris de ses yeux, l'ADN du noyau de ses cellules qui permettent de l'identifier. C'est la raison pour laquelle nous pouvons nous reconnaître par les traits du visage, le timbre de la voix, par ce qui nous différencie de tous les autres. Si l'on prend en compte l'ensemble des espèces et l'ensemble des individus d'une même espèce, on constate donc des différences visibles. Mais celles-ci cachent des différences invisibles concernant, par exemple, les capacités adaptatives à des changements significatifs de l'environnement. Plus grande est la biodiversité, plus grandes sont les chances que telle ou telle espèce, tel ou tel individu parvienne à s'adapter à des conditions nouvelles, par exemple à un fort réchauffement ou à une terrible sècheresse auxquels d'autres espèces, d'autres individus ne réussiraient jamais à se faire, ce qui les condamnerait à disparaître. Voilà pourquoi une grande biodiversité est garante de la perpétuation de la vie. Lorsque les conditions deviennent sévères, la biodiversité s'avère une assurance de résilience.

Les bactéries manifestent d'extraordinaires capacités d'adaptation aux conditions extrêmes. Leur haut niveau de biodiversité permet aux unes de vivre dans des conditions de forte chaleur, par exemple dans des sources hydrothermales, tandis que d'autres s'accommodent de froids intenses. Même amplitude adaptative concernant la pression : certaines survivent dans les capsules spatiales où la gravité est nulle ; d'autres résistent à des pressions énormes, par exemple au fond des mers. Et que dire des scorpions qui survivraient à un cataclysme nucléaire capable de nous éliminer de la surface de la Terre, puisqu'ils s'accommodent d'un niveau de radioactivité cent cinquante fois plus élevé que celui qui nous tuerait ? Résistants en diable, ils peuvent jeûner pendant trois ans pour peu qu'ils aient accès à l'eau ! Ces bestioles, au demeurant peu sympathiques, en ont vu d'autres : leurs ancêtres, lors de la période silurienne à l'ère primaire, il y a environ 400 millions d'années, furent les premiers animaux à quitter les océans pour conquérir la terre ferme ;

poissons ne réussirent cet exploit que plus tard. Si la résilience est bien la capacité de résistance aux chocs, voilà en tout cas de brillants résilients[1] !

Nombreuses sont les espèces qui, lorsque les conditions deviennent sévères, se mettent en état d'hibernation. C'est le cas de toutes les plantes à graines. La graine, ou plutôt son embryon, est une plante miniature capable de fuir dans l'espace, loin de la plante qui l'a produite, véhiculée par le vent ou par des animaux. Mais aussi de fuir dans le temps en se mettant en état de vie ralentie, jusqu'au retour de conditions favorables à sa germination. Cela peut se produire après des siècles, voire des millénaires, comme l'ont montré des graines de lotus ou de magnolia fortuitement conservées dans des conditions géologiques favorables. Les animaux supérieurs sont dénués de cette propriété de durer à l'état de graine, car chez eux l'embryon ne se met pas en hibernation et ne stoppe donc pas sa croissance. Chez eux, le petit naît lorsque le développement de l'embryon puis du fœtus est arrivé à terme. En revanche, l'animal adulte, ours ou marmotte, peut se mettre en état d'hibernation pour passer l'hiver dans une cache protégée.

Dans des algues desséchées on a trouvé des crevettes, elles aussi en état d'hibernation, qui attendaient le retour de l'eau depuis vingt-cinq ans. On a même mis au jour, semble-t-il – mais cette information doit être reçue avec précaution –, une bactérie sur une abeille emprisonnée dans de l'ambre fossilisé depuis

---

1. Espérons que l'auteur de ces lignes, astrologiquement Scorpion par le signe et l'ascendant, ait hérité des performances de cet animal !

des millions d'années. Libérée de sa gangue et replacée dans un milieu nutritif, cette bactérie serait revenue à la vie. Un genre de performance que seuls des êtres unicellulaires très primitifs sont susceptibles d'accomplir !

Les animaux à sang froid se laissent geler pendant l'hiver, comme cette chenille d'un bombyx du Groenland qui peut rester gelée plus de dix mois par – 50°. De tels animaux ont des propriétés de « reviviscence » – terme que les biologistes accolent à ce qu'on pourrait appeler aussi « résilience ». Ainsi voit-on aussi des mousses sur les toits se recroqueviller pendant des mois dans un véritable état d'« estivation » jusqu'au retour de la pluie.

Mais le record en la matière est sans doute détenu par le tardigrade, un animal mesurant environ un tiers de millimètre. Il possède huit petites pattes, chacune terminée par une griffe, et colonise des milieux difficiles : climats polaires ou sources chaudes. Le tardigrade illustre un cas extrême de résilience. Il parvient à se dessécher complètement, prenant l'apparence d'une sorte de minuscule paillette noirâtre où, même sous microscope, il est impossible de reconnaître la moindre texture cellulaire. Les tardigrades peuvent se conserver très longtemps dans cet état de dessiccation complète. Mais si on le place sur une feuille de papier humide, l'animal retrouve en quelques minutes sa mobilité. Ces étranges bestioles parviennent même à perdurer pendant des heures sous gaz inerte à un degré au-dessus du zéro absolu ! Enfin, comble de l'étrangeté, non seulement elles endurent les froids les plus extrêmes, mais elles se maintiennent aussi à des températures pouvant atteindre + 115° ! Si l'on savait déjà que le froid permet de conserver la vie, on est plus surpris d'apprendre que, dans leur cas, la chaleur sèche peut aussi la préserver. Le vieux mythe de l'*hibernatus* est donc une réalité banale pour notre tardigrade. Quant à nous, hormis pour ce qui est du sperme, des ovules et des embryons, la congélation nous est vite fatale. Notre cœur ne résiste pas à une chute de température corporelle en dessous de 30°, et dans une eau à 0° un homme normalement vêtu ne tient pas plus d'une demi-heure. Moralité : le tardigrade est le champion toutes catégories de la résilience, alors qu'un réchauffement excessif ou un cataclysme nucléaire ne manqueraient pas de nous emporter. L'homme est donc une espèce fragile, en tout cas plus fragile que la vie, qu'il est peu probable que nous parvenions à annihiler sur la planète.

Jusqu'ici, l'homme a pourtant fait preuve d'une merveilleuse capacité d'adaptation en traversant les épisodes glaciaires successifs, réfugié dans des grottes et des cavernes, réchauffé grâce au feu qu'il est parvenu à maîtriser il y a 600 000 ans. Mais si le feu réchauffe, refroidir est plus difficile, et nous serions bien démunis devant un réchauffement qui ferait boule de neige, comme on l'a vu. D'où l'impérieuse nécessité d'aboutir à une chute significative des émissions de gaz à effet de serre – et nous revenons par là à l'écologie, au protocole de Kyoto et à ses suites, après 2012, que l'on espère plus audacieuses.

Les premières discussions internationales à ce sujet eurent lieu à Montréal en novembre 2005, en présence des États-Unis, pourtant hostiles à Kyoto, mais douchés par la catastrophe de La Nouvelle-Orléans, plongée sous les eaux à l'automne précédent. Quels que soient les efforts déployés, on ne pourra plus revenir au climat des années 1950. Il faudra donc s'adapter aux hausses de température. Vaste programme auquel on commence à peine aujourd'hui à réfléchir !

Comme la vie au cours des temps géologiques, les civilisations ont connu des extinctions. Seules demeurent stables sur la longue durée les petites sociétés humaines endémiques, indiennes par exemple, étrangères à l'idée de progrès, lequel finit toujours par emporter les « grandes » civilisations. Toutes se sont tôt ou tard éteintes, mais, sur leurs ruines, de nouvelles ont germé, puis se sont épanouies. Ainsi la résilience n'est pas seulement le fait de la vie biologique ; elle est aussi l'apanage de la vie sociale.

Tout se passe comme si l'idéologie du progrès, engendrant un changement continu des conditions de vie, était responsable de l'écroulement des civilisations. La Chine des mandarins et l'Égypte des pharaons ont perpétué les mêmes modes de vie, les mêmes valeurs durant des millénaires. Ces immenses empires ont défié le temps. Rien ne devait changer dans la structure sociale. On raconte qu'en Chine, si d'aventure quelque sage faisait une découverte, il lui fallait prouver que celle-ci avait déjà été faite avant lui. Ce qu'il s'employait à démontrer afin que, surtout, rien ne bouge ; d'où la longue stabilité de l'empire du Milieu. En Égypte, la déesse Maât garantissait la pérennité de l'ordre social fondé sur des valeurs immuables. Ces empires durèrent des millénaires.

En revanche, le brillant Empire khmer s'effondra quand l'immense réseau de canaux d'irrigation, d'une sophistication extrême, vraie merveille de technologie, s'envasa, ruinant toute l'économie agricole du pays. Le progrès raffiné des techniques d'irrigation fragilisa l'ensemble de l'écosystème, devenu dès lors sensible au moindre changement du milieu : de fortes moussons saturèrent les canaux d'eaux boueuses, les obstruant et anéantissant du même coup les services rendus jusque-là par un système pourtant considéré comme exemplaire [1].

Quant à nous, nous raffinons et sophistiquons à l'extrême nos technologies, qualifiées de « nouvelles » ou de « hautes », mais avec quelles conséquences aujourd'hui imprévisibles ? Et jusqu'à quand ?

Ainsi assiste-t-on à une sorte de « pulsation » des civilisations : montées et déclins, émergences et effondrements [2], apogées suivis des plus sombres régressions. Car pour elles aussi la roche Tarpéienne est proche du Capitole.

Archéologues et historiens suivent depuis des millénaires ces évolutions des civilisations. Au Proche-Orient, à la fin de l'âge de bronze, vers 1250 avant notre ère, les civilisations cananéennes furent victimes d'un véritable effondrement. Villes et villages disparurent, abandonnés par leurs populations, retournées à un état de pastoralisme nomade plus ancien. Ces dates correspondent en gros à l'émergence du peuple d'Israël, nouvel occupant de la terre de Canaan, alors

---

1. J. Dorst, *La Force du vivant*, Flammarion, 1979.
2. J. Diamond, *Effondrement : comment les sociétés décident de leur disparition ou de leur survie,* Gallimard, 2006.

que s'ouvrait la grande épopée biblique. Israël fut un résilient par rapport aux populations plus anciennes qui avaient vécu en Palestine[1].

Plus près de nous, encore un âge sombre à la fin de l'Empire romain : finie, l'organisation liée à un État puissant fondé sur le droit ; fini, l'art de construire des villes avec canalisations, aqueducs et chauffage ; oubliés, la forme et le mouvement de la Terre ! Le monde bascule dans l'ombre des temps mérovingiens. Mais la résilience sociale s'impose à nouveau avec le brillant rebond de l'Empire byzantin qui prend le relais à l'Est ; puis, en Europe occidentale, avec le règne de Charlemagne, et, quatre siècles plus tard, en France, celui de Saint Louis. Le XIIIe siècle fut le véritable Grand Siècle du deuxième millénaire. On vit alors fleurir le commerce, s'épanouir les villes, se créer les universités, tandis que les cathédrales gothiques s'élançaient vers le ciel. Nouvel âge sombre, cependant, très sombre même, que le suivant, ce terrible XIVe siècle marqué par les trois cavaliers de l'Apocalypse : la guerre de Cent Ans, la Grande Peste et les famines. En quelques décennies, la population française fut réduite d'un tiers, passant de 18 millions à 10-12 millions d'âmes seulement. Puis résilience encore avec la Renaissance qui met en avant les arts et les sciences au service de la découverte des nouveaux mondes. Âge sombre, enfin, que ce terrible XXe siècle marqué par deux guerres mondiales et les abominations du communisme et du fascisme, remplacés au

---

1. « Les archéologues récrivent la Bible », *La Recherche*, n° 391, novembre 2005.

tournant du millénaire par une nouvelle idéologie : la mondialisation et l'ultralibéralisme.

Les siècles à venir s'étonneront probablement que nous ayons réussi à faire coexister la philosophie des droits de l'homme avec un nouveau mode d'asservissement de tant de salariés des pays pauvres, considérés comme une simple valeur d'ajustement des bilans – souvent ô combien positifs – des multinationales. Ils s'étonneront aussi de l'extraordinaire puissance des pouvoirs économiques et financiers mondialisés qui s'imposent, en notre temps, aux responsables politiques démocratiquement élus, mais nullement mondialisés, eux, et donc désarmés face à ces pouvoirs.

Seule idée neuve à l'ultime déclin du second millénaire, l'écologie émerge dans les années 1960-70, d'abord perçue comme une utopie généreuse, puis génératrice d'un concept inédit : celui du développement durable. Serait-ce le signe d'une nouvelle résilience sociale ? Voici qu'il apparaît désormais impossible de poursuivre sur la voie où nous nous sommes engagés depuis les débuts de la révolution industrielle, faute de quoi les ressources de la Terre seront épuisées en l'espace de quelques décennies. Plus question, désormais, de dire « après moi, le Déluge », car après nous viendront nos enfants que le concept de développement durable entend protéger des conséquences de notre boulimie et de nos gaspillages. Finies, l'omniprésence et l'omnipotence d'une économie livrée à elle-même sans régulation ni contre-pouvoir ! Partout dans le monde, les choses bougent : associations, organisations non gouvernementales (ONG), courants altermondialistes charrient dans leurs eaux mêlées de riches moissons d'idées et d'initiatives qui cherchent confusément à prendre corps. Et la société civile devient l'actif ferment du changement.

Mais la nature humaine est ainsi faite – chacun peut le constater dans sa vie personnelle – qu'on ne bouge vraiment qu'en cas d'impérieuse nécessité. Ainsi les graves marées noires de l'*Erika* et du *Prestige* conduisirent l'Union européenne à prendre des mesures réglementaires beaucoup plus strictes à l'égard des pollueurs des mers. De même l'envolée des prix du pétrole au cours de l'été 2005 a-t-elle relancé les énergies renouvelables : biocarburants et éoliennes notamment. Si une hirondelle ne fait pas le printemps, on observe néanmoins que, dans le monde des entreprises, des collectivités locales et des associations, sinon toujours dans le monde politique au plus haut niveau, le développement durable devient une règle de conduite et un thème mobilisateur.

Il n'a pas été simple de choisir des exemples pertinents à l'appui de cette nouvelle résilience sociale que représente à nos yeux le concept de développement durable, vieux seulement de quelque vingt ans, puisqu'il fut proposé par Mme Brundtland, ancien Premier ministre de Norvège, dans un rapport aux Nations unies en 1987. Aucun organisme, quel qu'il soit, ne peut prétendre constituer une parfaite épure de ce concept extensif et donc flou, quoique riche de promesses. Nous avons ratissé large pour recueillir dans nos filets des exemples probants de ce qu'on peut faire de mieux dans tous les domaines lorsqu'on agit avec cette conviction que le monde d'aujourd'hui doit changer, et changer vite ! Méditer ces exemples nous conduit à un certain optimisme, trop souvent absent dans le discours écologique, mais fondé sur un puissant courant de transformation qui se fait jour. Sortirions-nous de l'âge sombre ? C'est en tout cas ce que le voyage que nous allons maintenant entreprendre permet d'espérer.

Certes, nous ne sommes pas naïf. Nous savons à quel point le concept de développement durable est juteux quand il s'agit d'alimenter de vastes campagnes de communication dont le seul but est de repeindre en vert les murs – ou plutôt les murailles – protégeant des intérêts économiques qui n'ont rien à voir avec lui. Cette pratique est désormais courante et nous nous sommes efforcé de ne pas tomber dans ce panneau. Pas plus que n'y sont tombés Sylvain Darnil et Mathieu Le Roux dans leur passionnant tour du monde en quête d'hommes et d'entreprises fortement engagés dans cette voie [1].

Les exemples qui suivent, très divers, visent à donner des coups de projecteur sur des expériences qui nous ont semblé dignes d'intérêt. Que de telles expériences se multiplient partout dans le monde et l'espoir renaîtra. C'est cet espoir que nous voulons faire partager.

---

1. S. Darnil et M. Le Roux, *80 hommes pour changer le monde*, Lattès, 2005 ; Le Livre de Poche n° 30697.

DEUXIÈME PARTIE

L'alliance avec la nature

4

Solutions douces pour eaux douces

Dans les sombres prédictions écologiques qui pèsent sur les générations futures, les guerres de l'eau figurent toujours en bonne place. Pourtant notre planète n'a pas été avare de ce précieux liquide. Ailleurs, en revanche, on en est toujours à supputer sa présence, comme sur Mars sur quoi se concentre l'attention des astrophysiciens.

Alors que les océans couvrent 71 % de la surface du globe, l'eau douce représente à peine 2,5 % de sa masse globale ; les trois quarts en sont bloqués dans les banquises et les glaciers. Reste moins de 1 % d'eau disponible pour les activités humaines. Encore est-elle de surcroît mal répartie : 15 % de l'eau douce se trouvent en Amazonie qui ne compte que 0,3 % de la population mondiale ; 30 % seulement en Asie qui regroupe 60 % des Terriens. Le monde arabe est particulièrement démuni : 15 pays sur les 22 identifiés comme se situant au-dessous du seuil de pauvreté hydrique appartiennent à cette région. On conçoit que leurs ressources agricoles y soient parcimonieuses, en dépit du fait que 70 % de l'eau douce utilisée par

l'homme soient destinés à l'irrigation, 20 % correspondant aux usages industriels et 10 % seulement aux
usages domestiques.

C'est donc sur les eaux d'irrigation qu'il convient
en premier lieu de réaliser des économies. L'irrigation
au goutte-à-goutte est de plus en plus pratiquée dans
le monde aride, en Israël notamment, mais aussi aux
États-Unis où l'immense nappe phréatique du Middle
West ne cesse de baisser. En Australie, où le groupe
Pernod-Ricard entretient d'importants vignobles, cette
pratique du goutte-à-goutte a été fortement améliorée
pour réduire encore la consommation, ce qui se traduit
d'ailleurs curieusement par une amélioration de la
qualité du vin.

Toujours en zone aride, de grands espoirs sont
fondés sur le dessalage de l'eau de mer. Cette technique encore coûteuse est mise en œuvre par les Israé-
liens à Ashkelon, ville côtière qui a donné son nom
aux échalotes. Le dessalage est obtenu par osmose
inverse, technique qui consiste à faire passer de l'eau
de mer sous pression à travers des membranes fil-
trantes qui en retiennent les sels et les impuretés. Dans
la péninsule Arabique, on pratique le dessalage par
distillation dans la mesure où le coût énergétique très
lourd y est acceptable, le pétrole ne manquant pas.
Une usine flambant neuve fonctionne ainsi à Djedda,
sur la mer Rouge.

Le dessalage de l'eau de mer n'est cependant pas le
privilège des nations les plus riches, comme en témoigne l'exemple du Cap-Vert. Cette ancienne colonie
portugaise, menacée par des sécheresses endémiques
et où le niveau de pluviométrie est extrêmement bas,

a créé, depuis son accession à l'indépendance, il y a une trentaine d'années, une dizaine de stations de production d'eau potable par dessalage de l'eau de mer. Ses techniciens ont acquis une grande expérience en la matière et – paradoxe de la situation ! – le Portugal fait aujourd'hui appel à eux pour envisager de lutter contre les sécheresses qui l'ont frappé en 2004 et 2005, entraînant de monstrueux incendies. Ce pays, qui n'avait pas connu de telles sécheresses depuis soixante ans, est conduit à s'interroger sur la pérennité de ses ressources en eau et songe ainsi à imiter son ancienne colonie.

Mais la gestion de l'eau passe aussi par des accords entre pays d'amont et pays d'aval pour se partager équitablement la ressource. L'ONU y est très attentive et s'essaie à désamorcer bien des conflits. La difficile coexistence d'Israël, de la Palestine et de la Jordanie exige un partage équitable des faibles ressources en eau disponibles. Celles-ci proviennent du Sud-Liban, qui alimente le Jourdain et la mer de Galilée, berceau du christianisme.

Avoir de l'eau en quantité suffisante ne suffit pas. Pour les usages domestiques, le facteur qualitatif est primordial. Bien avant que l'on ne parle d'écologie et de pollution, les cours d'hygiène évoquaient les maladies contractées en consommant de l'eau contaminée. Pas moins de 7 millions de Terriens meurent encore chaque année, victimes de cette pollution, dont un tiers au moins d'enfants. Toutes ces victimes vivent dans les pays du Sud, où 1,4 milliard de personnes n'ont toujours pas accès à l'eau potable. La corvée d'eau reste le lourd tribut que les femmes africaines doivent payer pour l'approvisionnement de leur famille. Au rythme où vont les choses, l'audacieux programme onusien dit du « Millenium », visant à la résorption au moins partielle de cette situation à l'horizon 2015, risque fort de ne pas aboutir, faute de moyens.

La pollution n'est pas seulement le triste apanage des pays du Sud. Le développement industriel et l'agriculture intensive riche en intrants chimiques concourent à miner la qualité de l'eau par la pollution des rivières et des nappes phréatiques, en particulier par les nitrates et les pesticides qui les contaminent insidieusement. Quand on sait qu'en France 96 % des eaux de surface et 61 % des nappes souterraines contiennent des pesticides, on mesure l'ampleur du problème. Une telle dégradation de la situation exige la mise en œuvre de stratégies de purification avant usage ; en l'occurrence, des installations industrielles coûteuses qui alourdissent singulièrement le prix de l'eau au robinet.

On commence cependant à réaliser que de tels investissements pourraient être évités à condition d'éliminer la pollution à la source. C'est la stratégie qu'a développée la ville de Munich en protégeant ses captages d'eau potable de la vallée du Mangfall. La municipalité s'est depuis toujours efforcée d'acheter autant de terrains que possible dans le périmètre des zones de captage. Cette politique de prévoyance a été encore renforcée en 1991. Elle vise à contrer à temps et durablement une lente mais constante tendance à la hausse des teneurs en nitrates et pesticides, grâce à des actions préventives. On a donc décidé de promouvoir l'agriculture biologique dans la vallée du Mangfall. Le service des eaux de la ville coopère étroitement avec les associations de producteurs « bio » : Bioland, Naturland et Demeter. Au cours des dix dernières années, plus de cent agriculteurs se sont convertis à ce mode d'agriculture protecteur des sols et des eaux, dans la mesure où il n'a recours à aucun intrant chimique. Ils cultivent une superficie d'environ 2 700 hectares d'un seul tenant, soit en Allemagne le plus grand domaine d'exploitation en agriculture biologique. Un cahier des charges très strict leur est imposé qui, par exemple, limite le nombre des vaches laitières à deux unités par hectare, afin d'éviter toute pollution par les excréments animaux. Cette coopération entre l'agriculture et le service des eaux aboutit à la production d'une viande de qualité recherchée par les consommateurs. En échange des exigences imposées aux agriculteurs, le service des eaux les assiste dans la commercialisation de leurs produits « bio ». Ainsi les produits de la vallée du Mangfall font-ils l'objet d'un effort de reconnaissance et de communication de la part de la municipalité. La ville offre aussi aux agriculteurs une aide à la conversion pour honorer leur contribution à la protection de l'eau et compenser la diminution des rendements imposée par le cahier des charges.

Le souci de protection des services municipaux va également aux zones forestières proches des captages, qui représentent environ 3 300 hectares. C'est, au total, une superficie de 6 000 hectares qui est ainsi protégée de toute intrusion de produits polluants. Finalement, le prix de revient de l'eau est très faible et les gains réalisés entièrement reversés à la poursuite et à l'extension de ce programme.

Des préoccupations analogues animent les producteurs d'eau minérale qui s'efforcent de protéger leurs nappes souterraines en favorisant l'agriculture biologique. Vittel a adopté de longue date cette stratégie et l'agriculture biologique trouve du coup une justification inattendue, au-delà de la seule qualité des produits qui en sont issus.

La ville de New York s'est illustrée elle aussi dans ce type d'approche. Son réseau de distribution fournit chaque jour 5,3 milliards de litres d'eau potable à plus de 9 millions de personnes. Cette eau provient du complexe hydrographique des monts Catskill et du fleuve Delaware. Pour satisfaire aux exigences de la législation fédérale sur la salubrité de l'eau potable, la ville aurait dû consacrer une somme estimée à 8 milliards de dollars à la construction d'usines de purification ; un tel programme, qui aurait lourdement obéré le coût de l'eau, a été abandonné au profit d'une stratégie similaire à celle de la ville de Munich. Elle vise à protéger le complexe hydrographique par l'acquisition et la gestion avisées de zones agricoles et forestières. 1,5 milliard de dollars ont été affectés par la ville à l'acquisition de terres autour des zones de captage, auxquels s'ajoutent les coûts de maintenance et de gestion. Ce programme, mené en collaboration avec les municipalités situées en amont, est évalué à environ 500 millions de dollars, coût très inférieur aux investissements qu'aurait exigés une purification industrielle de l'eau potable. Voilà un exemple que les adeptes de la décroissance – une décroissance en l'occurrence fort intelligente – devraient mettre en avant.

Dans un récent rapport des Nations unies sur l'état

de la planète[1], les écologistes ont souligné les « services rendus par les écosystèmes » et leur ont affecté des valeurs en dollars. On mesure par ces exemples l'éminence de ces services rendus par les écosystèmes agronomiques et forestiers, à Munich comme à New York, qui permettent de satisfaire la demande en eau potable de ces grandes agglomérations au coût le plus bas, tout en assurant la gestion écologique des zones proches des captages.

Les succès remportés par ces villes sont aussi liés à la capacité d'épuration des végétaux vivant en zones humides. Dès les débuts du xxe siècle, Munich avait déjà établi une lagune de 233 hectares, une des toutes premières réalisations visant à l'épuration des eaux par lagunage. De même la ville de New York gère et entretient des zones humides à proximité de ses sites de captage, profitant ainsi des capacités épuratrices des plantes adaptées aux milieux aquatique ou subaquatique. Si, dans ces deux cas, on vise la purification de l'eau en amont, c'est-à-dire de l'eau potable destinée aux usages domestiques, les capacités d'épuration par les végétaux sont aussi très développées aujourd'hui en aval pour le traitement et l'épuration des eaux usées.

Dans les marécages à cyprès chauves de Floride – paysages caractéristiques où le tronc des cyprès émerge de l'eau et où les racines poussent d'étranges moignons dressés en l'air, qui leur permettent de respirer –, on a constaté que 98 % de l'azote et 97 % du phosphore contenus dans les eaux usées qui s'y répan-

---

1. *Millenium Ecosystem Assessment* (« Évaluation des écosystèmes pour le millénaire »), ONU, 2005.

dent sont éliminés avant même que ces eaux atteignent la nappe souterraine.

Même phénomène pour les 8 000 hectares de marais formant une mosaïque de canaux bordés d'arbres à l'est de Calcutta : parcelles maraîchères, rizières et étangs de pisciculture transforment et épurent les eaux usées issues de cette grande mégalopole tout en produisant quotidiennement 20 tonnes de poissons et 150 tonnes de légumes.

C'est au vu de ces expériences que s'est créée, à l'initiative de Thierry Jacquet, la société Phytorestore. Comme son nom l'indique, Phytorestore s'est lancée dans la « phytorestauration », c'est-à-dire la réhabilitation et l'épuration des eaux usées. Cet objectif est atteint par la mise en place de jardins filtrants. Ils agissent comme des filtres où l'eau est épurée par lagunage. Le roseau est la plante filtrante la plus utilisée. Elle est très productive en matière de photosynthèse et, de ce fait, accumule de l'oxygène qui s'attaque à la matière organique polluante comme aux boues issues des stations d'épuration dont on veut se débarrasser. La charge en matières organiques est ainsi réduite ; l'azote, le phosphore, les germes, éliminés ; des molécules chimiques dangereuses pour la santé, biodégradées. Ce travail est mené à bien par les racines et les bactéries qu'elles hébergent.

Pour les petites collectivités, un tel traitement par phytorestauration suffit à épurer efficacement les eaux usées. Pour les collectivités plus importantes, ces techniques interviennent en complément. Les premiers résultats ont été obtenus dans des stations d'épuration classique comme à Caen, Honfleur ou Grandville. Au

Subdray, dans la proche banlieue de Bourges, les eaux usées du lycée agricole sont traitées de la sorte. Ces jardins filtrants, agissant seuls ou en complément de stations d'épuration, participent à la qualité paysagère des sites. Ils contribuent aussi à la protection de la biodiversité dans la mesure où s'y développent une faune et une flore diversifiées. Les magnifiques iris jaunes y sont à l'aise et concourent aussi de manière significative au processus d'épuration.

En cas de pollutions importantes, le roseau peut être avantageusement remplacé par le typha (ou massette). Chacun reconnaîtra cette plante aquatique par ses longues tiges portant à leur extrémité un cylindre brun – la fleur – terminé par une pointe. On la voit sur tous les plans d'eau. Le typha est capable de dépolluer des eaux usées très dégradées (contamination par des lisiers ou par des eaux de décharges). Il est très performant dans les milieux aquatiques à la limite de graves déficits en oxygène. Mieux encore, il sait biodégrader des produits pétroliers et des composés chlorés. Il s'accommode aussi de la présence de métaux lourds. L'intervention des typhas est une excellente alternative écologique et économique à l'enfouissement et à l'incinération des déchets, notamment pour traiter les friches industrielles, les boues d'épuration ou les sols contaminés par des hydrocarbures, des métaux lourds, des pesticides. Les boues des stations d'épuration d'Honfleur, d'Alençon et de Vire bénéficient de ces traitements. Ces jardins filtrants purifient du même coup l'air vicié, éliminent les mauvaises odeurs et détruisent une partie des germes pathogènes. Ils sont très utiles pour supprimer les pestilences issues d'installations industrielles ou de décharges.

La mise en place de ces jardins filtrants permet de réduire les coûts de dix à cent fois par rapport aux techniques classiques d'épuration – bactériologiques, physicochimiques ou mécaniques. À l'issue du processus, les boues d'épuration deviennent une ressource et non plus un déchet, car le terreau ainsi obtenu peut servir d'amendement dans les espaces verts des villes ayant recours à ces techniques – encore faut-il être absolument sûr de l'inocuité de ces boues. Reste cependant à résoudre quelques points noirs, en particulier la nécessité de disposer d'espaces importants alors que le coût foncier en ville est de plus en plus élevé. En France l'effort de recherche dans le domaine du lagunage demeure modeste, alors qu'aux États-Unis le concept de phytorestauration s'est généralisé et développé à grande échelle.

Singulier paradoxe : la phytorestauration et le lagunage consistent à recréer des zones humides, voire des marécages contre lesquels l'humanité n'a cessé naguère de se mobiliser. Elle ignorait, il est vrai, les effets bénéfiques de ces écosystèmes à très forte productivité biologique et à large biodiversité, capables d'améliorer la qualité des eaux : autant de « services rendus » par ces écosystèmes jadis méprisés en raison des « miasmes » qu'ils étaient censés dégager et dont l'impact sur la santé était redouté. Le XVIIIe siècle nous a appris que ces « miasmes », considérés comme responsables du paludisme, n'étaient qu'illusion, puisque cette maladie est due à la transmission d'un parasite sanguin, le plasmodium, par l'intermédiaire des piqûres d'insectes, les anophèles, abondamment présents, il est vrai, dans les marais. Débarrassées de la mythologie des « miasmes », mais aussi des anophèles qui ont fini par disparaître des régions tempérées, les zones humides sont désormais soigneusement protégées grâce à une convention internationale signée en 1971 à Ramsar, en Iran, sous l'égide de l'ONU. On espère que les anophèles n'y reviendront pas, profitant du réchauffement climatique.

Ces orientations nouvelles en matière de purification et d'épuration des eaux soulignent l'étroite synergie entre l'eau et la plante. Certes, l'irrigation est pratiquée depuis des millénaires et parfois à un degré de sophistication inouï, comme ce fut le cas entre le IXe et le XIIe siècle, on l'a vu, dans l'Empire khmer, au Cambodge [1]. Aujourd'hui, la pratique du goutte-à-goutte réduit considérablement la quantité d'eau nécessaire à l'irrigation. Mais si les plantes continuent à avoir besoin d'eau, prodiguée désormais avec plus de parcimonie, les humains ont besoin des plantes pour leur fournir des eaux de qualité. La mise en œuvre de ces techniques « douces », auxquelles s'intéressent désormais les grandes multinationales de l'eau, prouve que le développement durable est en marche et que, sous son égide, se nouent de nouvelles symbioses entre l'homme et la nature qu'il apprend à apprivoiser avec égards et délicatesse.

---

1. J. Dorst, *La Force du vivant, op. cit.*

5

De la Nouvelle-Calédonie
au Mozambique :
biodiversité et populations locales

L'érosion de la biodiversité est l'un des grands défis de la crise écologique.

Les pressions exercées par l'homme sur la nature entraînent la disparition de nombreuses espèces animales et végétales. Pour certains, c'est une nouvelle vague d'extinction massive des espèces qui est en cours, comme il s'en produisit déjà au moins cinq au cours des temps géologiques. Mais celle-ci est essentiellement imputable aux activités humaines, souvent si peu respectueuses de l'environnement. On estime qu'aujourd'hui les espèces vivantes disparaissent de cent à mille fois plus rapidement que si l'homme n'existait pas. Aussi la communauté scientifique est-elle mobilisée pour freiner cette érosion, faute de pouvoir la stopper[1].

Le souci de protéger la biodiversité est très antérieur

---

1. R. Barbault, *Un éléphant dans un jeu de quilles*, Seuil, 2006.

à l'émergence de ce concept, et d'ailleurs au concept même d'écologie qui apparut dans l'opinion au tournant des années 1960-70. On parlait alors de « conservation » de la nature, et les efforts visaient à créer des « sanctuaires » où des espèces rares et menacées seraient à l'abri de la prédation exercée par les populations locales (ou par des chasseurs venus d'ailleurs lorsqu'il s'agissait de la grande faune sauvage). C'est ainsi que virent le jour de nombreux parcs nationaux dont les plus anciens, comme celui de Yellowstone, aux États-Unis, datent de la fin du XIXe siècle.

Mais on constata vite que nombre de ces espaces ne pourraient atteindre les objectifs qu'on leur assignait que dans la mesure où des modes de gestion appropriés y seraient déployés. À la notion de conservation s'ajouta donc la notion de gestion, avec tout un appareil de gardiens et de structures administratives appropriées. Mais, dans le même temps, la grande faune sauvage qui faisait l'intérêt de ces espaces attirait des visiteurs de plus en plus nombreux. Il apparut alors qu'il était impossible de cloisonner hermétiquement des portions de nature excluant toute présence humaine, car les populations revendiquaient légitimement le droit de continuer à occuper leur terroir. L'émergence du concept de développement durable devait venir renforcer ce constat, et on chercha de plus en plus à trouver un juste équilibre entre respect de la biodiversité et développement local.

On a vu, lors de la mise en œuvre du grand projet de l'Union européenne baptisé « Natura 2000 », combien il était difficile de faire coïncider les intérêts divergents des protecteurs de la nature et de populations locales peu enclines à subir de trop fortes contraintes écologiques. Les confrontations récurrentes entre la Ligue pour la protection des oiseaux (LPO), représentée par son dynamique et courageux président Allain Bougrain-Dubourg, et les chasseurs de palombes, dans le Médoc, illustrent ces divergences d'intérêts. Aussi, dans la plupart des cas, les initiatives partent-elles d'instances administratives centralisées, souvent des États à qui revient la délicate mission de mettre en œuvre les longues et laborieuses procédures de concertation devant finalement aboutir à la création de parcs.

La biodiversité n'est pas répartie de façon égale sur l'ensemble de la planète. Elle est plus grande dans les régions tropicales couvertes de vastes forêts qu'aux hautes latitudes. Or ces régions sont les plus menacées en raison des déforestations massives qu'elles subissent. Les spécialistes s'accordent à identifier 25 « points chauds » de la biodiversité de par le monde, zones où elle est particulièrement élevée grâce à la présence abondante d'espèces endémiques propres à chacune d'elles et n'existant nulle part ailleurs. Hormis ces « points chauds », 238 « écorégions » ont pu être identifiées.

L'une d'elles recouvre les forêts sèches de Nouvelle-Calédonie, où un important programme de protection est en cours[1]. L'évolution biologique s'est poursuivie sans contraintes sur cette île de 16 750 km^2, l'équivalent approximatif de trois ou quatre départements français, séparée du continent australien depuis 80 millions d'années. De nombreuses espèces ani-

---

1. Voir le programme « Forêt sèche » sur Internet : www.foretseche.nc

males et végétales y ont vu le jour et y sont demeurées, manifestant la singularité botanique et zoologique de ce fameux « caillou ». Ainsi, pour les seules forêts sèches qui bordent le littoral occidental de l'île, on ne dénombre pas moins de 456 espèces végétales, dont 262 sont endémiques de la Nouvelle-Calédonie, soit un taux d'endémisme de 57,5 %. Or cette flore d'une grande richesse occupe une superficie – d'ailleurs fragmentée – de seulement 45 km². C'est tout ce qui reste de cette forêt sèche qui occupait jadis une superficie cent fois plus importante sur la même côte ouest.

Ces forêts n'ont nullement bénéficié de la considération des autochtones qui les défrichaient pour gagner des terres agricoles. Du coup, elles représentent la formation végétale la plus directement menacée de disparition de l'île. La forêt sèche doit son appellation au fait qu'elle reçoit moins de 1 100 mm de pluie par an (à rapporter aux 2 500 mm correspondant à la pluviométrie moyenne de la Nouvelle-Calédonie). Comme dans notre bassin méditerranéen, les feuilles d'un grand nombre de ces plantes sont raides et coriaces. Elles sont couvertes d'une épaisse couche de cuticule afin d'en limiter la transpiration, car l'eau se fait rare, en particulier durant l'été austral, d'octobre à décembre, lorsque soufflent les alizés desséchants.

À la différence des forêts humides plus largement répandues sur l'île, la forêt sèche ne paie guère de mine, tout au moins aux yeux d'un observateur peu averti. La strate supérieure forme un couvert discontinu ne dépassant guère 15 m de hauteur. Elle recouvre un sous-bois dense formé d'arbustes et de lianes sous lequel la strate herbacée est surtout composée de graminées et de fougères. Pourtant, malgré cet aspect modeste, ces malheureux 45 km^2 doivent être considérés comme un véritable sanctuaire de la nature. Que l'on en détruise un seul hectare, et l'on risque de provoquer la perte irrémédiable d'une espèce unique au monde, qui ne vit que là. Tel fut le cas, croyait-on, d'un arbuste, le *Pittosporum tanianum,* considéré comme éteint par l'Union mondiale pour la nature, anciennement l'Union internationale pour la conservation de la nature (UICN), mais redécouvert en 2002.

Une histoire somme toute analogue à celle que nous connûmes, le regretté Jean-Pierre Cuny et moi-même, lorsque nous réalisâmes la série télévisée *L'Aventure des plantes*[1], à la recherche d'une espèce disparue et qui, de surcroît, eût une apparence tant soit peu attirante. Nous arrêtâmes notre choix sur un hibiscus considéré comme disparu de l'île Rodriguez, dans les Mascareignes, et qui ne subsistait qu'en herbier au Muséum. Il s'agissait d'un hibiscus à fleurs blanches[2], très ornemental, comme le sont d'ailleurs la plupart des espèces de ce genre botanique. Or nous eûmes la surprise, quelques années plus tard, d'apprendre qu'un botaniste local en avait à nouveau repéré un exemplaire, ce qui doit inciter le naturaliste à la prudence quand il décrète l'extinction définitive d'une espèce. L'éradication totale n'est jamais sûre, qu'il s'agisse d'une bactérie pathogène, d'un moustique nuisible, d'un animal ou d'une plante rare.

Ce qui ne signifie nullement que ces éradications

---

1. J.-P. Cuny et J.-M. Pelt, *L'Aventure des plantes* et *L'Aventure des plantes II*, séries télévisées, 1982 et 1986.
2. *Hibiscus liliiflorus.*

n'aient pas eu lieu, comme on doit bien le constater pour de nombreuses espèces de forte taille, définitivement disparues au cours des derniers siècles. Le mammouth en est un bel exemple. Mais aussi un riz sauvage, *Oriza neo-caledonica*, qui croissait dans ces forêts sèches. On y rencontre encore une espèce de palmier présente uniquement sur le mont Kogui. La faible capacité de dissémination de ces espèces et leur dispersion à travers des aires extrêmement fragmentées rendent leur survie préoccupante. Dans la liste rouge établie chaque année par l'Union mondiale pour la nature et répertoriant les espèces animales et végétales en danger d'extinction, on ne dénombre pas moins de 14 espèces de plantes vivant dans ces forêts. Les études sur la faune sont moins avancées ; on dénombre cependant déjà 33 espèces de papillons caractéristiques de ces forêts qui ont subi des extinctions massives d'oiseaux et de reptiles dont témoignent des fossiles datant du quaternaire récent. Autant de preuves de la régression dramatique de ce milieu.

Si les menaces qui pèsent sur la forêt sèche néo-calédonienne sont multiples, la plus importante est la pression qu'y exercent les troupeaux. Les terres ont été récemment redistribuées à l'issue d'une réforme foncière et restructurées en surfaces plus modestes, augmentant du coup le nombre des agriculteurs et des éleveurs. Les forêts sèches, considérées comme une brousse sans valeur, ont été arrachées, d'où leur fragmentation en lambeaux et la faible étendue de ce qui en subsiste. Durant la saison sèche, les feux de brousse d'origine humaine constituent une autre menace : chaque année, des lambeaux entiers disparaissent en

fumée. Enfin, autour de Nouméa, la capitale, le développement de l'urbanisation mord également sur ces
milieux fragiles. Ces déséquilibres sont aggravés par
l'agressivité d'espèces envahissantes particulièrement
compétitives et promptes à s'installer au détriment des
endémiques. C'est le cas de *Lantana camara*, jolie
plante ornementale présente dans tous les jardins des
régions intertropicales et subtropicales, dont l'impact,
ici comme à l'île de la Réunion, est spectaculaire. De
même pour une fourmi, *Wasmannia auropunctata*,
introduite accidentellement en Nouvelle-Calédonie en
1972 ; elle a rapidement colonisé toute l'île, provo-
quant d'importants déséquilibres dans les populations
d'araignées, de fourmis et même de reptiles, comme
les geckos. Quant au niaouli, dont les feuilles fournissent du goménol et de l'huile goménolée que tous les
enfants d'autrefois se sont vu instiller dans le nez au
moindre rhume, il est très envahissant en Nouvelle-
Calédonie, surtout dans les espaces dégradés. On aura
soin de le tenir à distance dans les bas-fonds dont il
apprécie l'humidité.

Face à ces menaces, les naturalistes présents dans
l'île dans le cadre de l'Institut de recherche pour le
développement (IRD), ainsi que les spécialistes du
WWF France [1], dont mon ami Régis Dick, se sont
mobilisés dès 1997. Une équipe s'est constituée autour
d'un engagement fort et durable, d'envergure internationale, compte tenu de l'intérêt de la Nouvelle-
Calédonie en matière de biodiversité. Un accord-cadre
a été signé en septembre 2001, débouchant sur un plan

---

1. *World Wildlife Fund* (« Fonds mondial pour la vie sauvage »).

d'action décliné en plusieurs volets opérationnels complémentaires : amélioration de la connaissance du milieu ; protection par des mesures adaptées comme la confection de clôtures, le contrôle des feux, les actions visant à reboiser cet écosystème avec le bon cortège d'espèces qui le caractérisent, le renouveau de la sylviculture, l'établissement de corridors écologiques afin de mettre en relation des fragments isolés ; gestion de la chasse et, *ex situ* (hors du site), création de pépinières et de conservatoires pour les espèces rares les plus menacées ; le quatrième objectif vise à la valorisation des ressources végétales par l'étude des substances naturelles susceptibles d'être employées en pharmacologie, en cosmétologie ou en horticulture ; la valorisation de la forêt suppose également des aménagements appropriés, ainsi que la formation et l'information des usagers et des visiteurs. Les bailleurs de fonds de ce vaste programme sont, au niveau local, les provinces nord et sud de Nouvelle-Calédonie ; au niveau national, l'État français ; au niveau international, le WWF.

Cet ambitieux programme relève de l'urgence, vu la rapide dégradation de la forêt sèche. Mais, dira-t-on, qu'en est-il dans tout cela des autochtones néo-calédoniens, les Kanaks ? Il est clair qu'un tel projet ne peut aboutir qu'avec l'active participation de la population locale – d'où la présence de responsables kanaks dans l'équipe pilote. Leur intérêt va essentiellement à la conservation des plantes à usage thérapeutique présentes dans leur pharmacopée traditionnelle. Ce patrimoine précieux leur appartient en propre.

La protection *in situ* d'espèces menacées, comme

celles évoquées dans cet exemple, n'est pas toujours possible. Lorsque la situation est trop dégradée ou lorsque la conjoncture économique ne s'y prête pas, d'autres stratégies sont mises en œuvre, par exemple l'installation des espèces les plus fragiles dans des conservatoires, sortes d'« orphelinats » pour espèces délaissées. Avec, toutefois, l'espoir que si des améliorations surviennent sur le terrain, celles-ci pourront y être réimplantées. Ces conservatoires ont tantôt un statut public, tantôt un statut associatif. Ils visent aussi à collecter des semences afin de conserver des variétés anciennes délaissées.

Ainsi la Norvège vient de présenter un audacieux projet en vue de créer un établissement de stockage des semences dans une île de l'archipel du Svalbard, à l'est du Groenland. Toutes les semences y seraient les bienvenues et l'on y conserverait des doubles des collections éparses de par le monde. Il s'agit en quelque sorte d'établir un filet de sécurité international en conservant ces semences dans de vastes salles creusées dans le permafrost, ces sols perpétuellement gelés. Dans ces zones à l'écart du trafic international où règne le froid polaire, ces collections de semences bénéficieraient d'une protection optimale en cas de conflit. Le matériel ainsi conservé serait couvert par le traité international sur les ressources phytogénétiques pour l'alimentation et l'agriculture, le financement de l'établissement étant assuré par le Fonds mondial pour la diversité semencière. Si un tel projet devait voir le jour, nous aurions là un exemple saisissant de durabilité dans la gestion du plus précieux patrimoine de l'humanité : les semences. À Saint-Pétersbourg, déjà, un tel conservatoire a vu le jour, mais ses moyens sont limités, faute d'une reconnaissance internationale.

De la Nouvelle-Calédonie à l'Europe du Nord, il nous reste à « redescendre » en Afrique et aux Amériques. Voici le parc national des Quirimbas, situé au nord du Mozambique, près de la frontière tanzanienne. Quarante communautés locales prirent l'initiative de demander à leur gouvernement la création d'un parc national. Dans un contexte bien différent de la Nouvelle-Calédonie, elles insistèrent sur la nécessité d'assurer leur sécurité alimentaire, rendue précaire par une agriculture peu productive sur des sols très pauvres où les dégâts causés par les éléphants aggravaient encore une situation de disette endémique. De leur côté, les pêcheurs se plaignaient de la perte de productivité de leur activité artisanale dès lors que la côte était envahie par d'autres pêcheurs, étrangers à cette zone. Avec l'appui d'ONG locales et du WWF, des consultations s'engagèrent en 2001 auprès de ces communautés et le parc fut officiellement créé le 6 juin 2002 : un temps record, quand on sait qu'il faut souvent de nombreuses années de tractations pour aboutir à la création d'un parc national ! D'une superficie égale à environ un département et demi français, ce parc abrite une population clairsemée de 55 000 habitants. Il est réparti en deux grands sous-ensembles : une partie terrestre, occupant 5 984 km^2, et une partie marine et côtière, couvrant 1 522 km^2 et regroupant onze îles de l'archipel des Quirimbas.

Comme en Nouvelle-Calédonie, la protection de la biodiversité y est urgente, car la partie marine abrite plusieurs espèces menacées figurant sur la fameuse liste rouge de l'Union mondiale pour la nature : en l'occurrence, 5 espèces de tortues de mer, des dugongs dont le nombre tend à diminuer, le grand dauphin, des baleines à bosse qui visitent le parc chaque année de juin à décembre, 3 espèces de requins et des raies mantas. Toujours en mer, 140 espèces de mollusques ont été répertoriées, dont le si joliment nommé « fer à repasser » et l'énorme « bénitier » dont la gigantesque coquille sert précisément à cet usage dans certaines de nos vieilles églises. On dénombre aussi 375 espèces de poissons et 52 de coraux. En bordure de mer et autour des îles alternent mangroves et plages de sable.

La partie terrestre est couverte de forêts claires d'où émergent parfois de spectaculaires massifs granitiques : les inselbergs. C'est le domaine des éléphants, des léopards, des buffles, des lions, des lycaons, ainsi que de nombreuses espèces de reptiles et d'oiseaux. Les forêts contiennent bon nombre de plantes endémiques uniques au monde, dont l'inventaire est en cours afin d'établir un « état zéro » qui permettra ensuite un suivi scientifique de l'évolution des espèces et des populations.

Voilà pour la préservation de la biodiversité. Reste à assurer des conditions de vie meilleures aux populations locales. Celles-ci découlent d'abord de la mise en place des procédures de gestion du parc et de la création des infrastructures nécessaires. Pour atteindre ces objectifs, priorité est donnée à la formation d'un personnel recruté sur place et bénéficiant de cours de langue, mais aussi de sciences naturelles et d'écologie. Il accueille les écotouristes, attirés par la découverte de ces sites d'une très grande beauté. C'est aussi avec les populations locales que se décident les conditions de gestion de la pêche et les règles d'exploitation du bois, des mangroves et de la faune. Et l'on s'emploie à protéger les cultures familiales à base de manioc, de maïs, de mil et de haricots des dévastations causées par le piétinement des troupeaux d'éléphants : un casse-tête difficile à résoudre et qui suppose l'édification de réseaux de clôture afin de mettre à l'abri des pachydermes ces maigres cultures non mécanisées.

L'engagement du WWF dans ce projet laisse bien augurer de son aboutissement dans un pays particulièrement pauvre. Au Mozambique, 70 % de la population vit en dessous du seuil de pauvreté absolue. Un rapport du Programme des Nations unies pour le développement (PNUD) a classé en 2002 ce pays au cent soixante-dixième rang mondial sur 173 pays expertisés. Cette situation économique désastreuse est d'autant plus inquiétante que la population s'accroît de 2,3 % par an et que l'accès aux soins et à l'école ne dépasse pas 40 % des Mozambicains. Du coup, la mortalité infantile des moins de 5 ans atteint dans la région du parc 295 enfants pour 1 000, et l'espérance de vie ne dépasse pas 37,8 ans, une des plus faibles au monde.

Une telle misère humaine contraste singulièrement avec la riche biodiversité de ces espaces terrestres et marins qui offrent un large éventail de milieux remarquables, dont quatre écorégions considérées comme d'importance mondiale : forêts côtières d'Afrique du Sud-Est, mangroves d'Afrique de l'Est, écorégions marines d'Afrique de l'Est et forêts et savanes orientales. L'objectif du projet est donc de conserver, mais aussi de conférer une valeur écotouristique à cette extraordinaire biodiversité, au plus grand bénéfice des populations locales.

Une amélioration sensible des conditions de vie à l'intérieur du parc risque cependant de provoquer une immigration massive de populations, attirées par l'espoir d'une existence meilleure. Aussi a-t-on prévu que les communautés locales puissent exercer un droit de regard sur les flux migratoires, comme l'ont fait leurs homologues du parc de Bazaruto, parc national marin situé au sud du Mozambique, où il est aujourd'hui pratiquement impossible de s'installer.

On notera à propos du parc de Quirimbas un étrange paradoxe entre la très faible productivité agricole des sols et la richesse de la biodiversité. D'où il appert que la nature sait s'accommoder des conditions les plus diverses, sous réserve toutefois qu'une pression excessive des populations ne vienne pas en détruire l'équilibre ; ce n'est pas le cas ici, à la différence de la situation décrite en Nouvelle-Calédonie.

Assurer aux populations de meilleures conditions de vie en valorisant cette biodiversité : tel est le pari engagé au parc des Quirimbas, mais aussi dans d'autres écorégions du monde comme, par exemple, l'Amérique centrale où plusieurs projets sont en cours, dont celui visant à protéger la riche biodiversité des récifs coralliens d'Amérique centrale, étalés du Mexique au Belize, au Guatemala et au Honduras. Dans tous ces cas de figure, la recherche d'un développement harmonieux de communautés humaines très pauvres et d'une nature riche en biodiversité offre, en quelque sorte, le contre-exemple du modèle de développement à l'occidentale tel que l'a promu la société industrielle, fondé sur une prédation brutale des ressources naturelles, quitte à les raréfier, voire à les épuiser. L'exemple de la Nouvelle-Calédonie et celui du Mozambique prouvent qu'un autre développement est possible, parfois qualifié d'« écodéveloppement », n'exerçant aucune prédation sur la nature, mais, au contraire, la protégeant en nouant des liens harmonieux entre elle et ceux qui l'occupent.

6

Vivre en forêt amazonienne

En 1988, le leader écologiste Chico Mendes était assassiné à Xapuri, petite localité devenue célèbre au Brésil. Il avait défendu avec force et conviction le droit des peuples de la forêt. Son assassinat, sans doute fomenté par le pouvoir de l'époque, fit de lui le premier martyr de l'écologie. À Xapuri, sa maison a été conservée comme un lieu de mémoire ; on y voit encore des taches de sang sur la porte.

Xapuri est un haut lieu du petit État d'Acre, à l'extrême ouest du Brésil, aux confins du Pérou et de la Bolivie. Grand comme le quart du territoire français, il n'est peuplé que de 600 000 habitants. Cet État minuscule perdu au fin fond de l'Amazonie brésilienne a fondé son économie sur une gestion écologique de la forêt [1]. À la grande époque du caoutchouc, au début du XXe siècle, l'exploitation des hévéas fit la fortune de cet État, comme d'ailleurs du Brésil tout entier. On construisit à cette époque, à Manaus, un opéra dont on se souvient que Sarah Bernhardt fut

---

1. « En Amazonie, un État mise tout sur la forêt », *Géo*, n° 307, septembre 2004.

l'une des plus illustres visiteuses. Un siècle plus tard, l'exploitation des hévéas par les *seringueiros* – ces saigneurs d'hévéas qui entaillent l'écorce d'où s'écoule le précieux latex – n'est plus vraiment rentable. Si quelques milliers de familles en vivent encore, c'est parce que l'État brésilien leur alloue une subvention pour en maintenir le cours. Choquant ? L'Europe et les États-Unis ne font-ils pas de même, mais à grande échelle, pour soutenir leurs prix agricoles sur les marchés mondiaux ?

Le latex est vendu au fabricant de pneus italien Pirelli qui achète 80 % des 3 000 tonnes de caoutchouc produites chaque année en Acre. Les pneus en latex sauvage, dits « pneus bio », sont acquis par des consommateurs soucieux d'éthique environnementale. Mais une part du latex va aussi à la fabrication des préservatifs utilisés au Brésil dans la prévention du sida, moins répandu ici qu'en Afrique subsaharienne, bien que l'on estime à 600 000 le nombre de séropositifs dans le pays.

L'immense forêt amazonienne n'a été que peu entamée dans cet État lointain, d'accès difficile. Une seule route traverse l'Acre sur 800 kilomètres. Sans doute est-ce une des chances de cet État, lorsqu'on sait la rapidité du déboisement le long des voies de communication tracées – ou plutôt tranchées – dans la forêt. Les responsables de ce petit État ont au contraire veillé à ce que les forêts jouxtant cette voie de pénétration soient respectées et affectées au patrimoine national. Ce n'est certes pas un hasard si la forêt de Cachoeira a été la première du Brésil à être certifiée et labellisée par le Forest Stewardship Council (FSC), organisation internationale qui veille à promouvoir une gestion durable des forêts des points de vue tant écologique que social. Les arbres abattus font l'objet d'une attention particulière : ainsi tel arbre a-t-il été coupé en 2001, tandis que son fils ne le sera qu'en 2011, ses petits-fils en 2021, et ainsi de suite. Manière de respecter la régénération spontanée de la forêt et d'éviter ces destructions au bulldozer qui ne laissent que quelques malheureux arbres pantelants et cachectiques dans un décor lunaire. Tout près de l'unique voie de pénétration de l'Acre, la Bre 364, la forêt d'Antibari aspire elle aussi à la certification. Celle-ci permet de vendre le bois 30 % plus cher ; et plus cher encore si l'on prend soin de le transformer sur place plutôt que de se contenter de le vendre en l'état.

Le FSC ne labellise pas seulement le bois, mais aussi les produits de la forêt. Les noix du Brésil, inséparables des amuse-gueule qui accompagnent nos apéritifs, jadis vendues à bas prix par des industriels au port de Belém, sur l'Atlantique, sont aujourd'hui décortiquées et emballées sur place. L'objectif est de maximaliser les revenus de ces populations pauvres en minimisant les impacts négatifs de leurs activités sur la nature. Les fruits du guarana, un arbre à caféine, entrent dans la fabrication de boissons énergétiques, tandis que les huiles de palmiers, abondants en Acre, peuvent aussi bien entrer dans des cosmétiques que servir à produire des biocarburants destinés au diesel.

Une des menaces qui pèsent sur ces milieux forestiers et qui fut maintes fois évoquée au Sommet de la Terre de Rio est la biopiraterie. Comment protéger ces ressources locales quand les entreprises étrangères prétendent s'en emparer pour leur seul profit ? L'Acre s'est donc doté d'une loi obligeant les chercheurs étrangers à obtenir l'accord des communautés locales pour exploiter leurs produits. Les Indiens Yawanawas vendent par exemple à un fabricant de produits de beauté des graines de rocou qu'ils utilisent tradition- nellement pour se peindre le corps en rouge. L'entre- prise américaine en tire un rouge à lèvres bio et se sert, avec leur accord et moyennant dédommagement, de l'image des Yawanawas aux fins de sa promotion commerciale.

L'Acre compte une trentaine de « terres indigènes » peuplées par environ 13 000 Indiens appartenant à une quinzaine d'ethnies différentes. Ainsi des Ashaninkas, présents à l'extrême ouest de l'Acre, zone difficile- ment accessible en pirogue sur les eaux limoneuses du rio Amonia. On considère cette région comme excep- tionnelle du point de vue de la biodiversité ; on n'y dénombre pas moins de 1 620 espèces de papillons, un record ! Quoique perdus au fin fond de la forêt amazonienne, les Ashaninkas s'intéressent à leur flore. Avec le concours d'un scientifique, ils ont appris à transformer des huiles de palmier en savon. Dans une zone déboisée par un exploitant forestier peu scrupu- leux, Benki Pianko, chaman et technicien forestier, a replanté 70 000 arbres appartenant à 146 espèces diffé- rentes, respectant ainsi la biodiversité naturelle de ces contrées. Les Indiens veillent aussi au renouvellement de la faune, interdisant la chasse et la pêche sur le quart de leur territoire. Ils élèvent en captivité des tor- tues, trop prisées pour la qualité de leur chair.

L'expérience menée dans le petit État d'Acre

pourra-t-elle se perpétuer durablement, ou bien sera-t-elle remise en cause au gré des scrutins et des remaniements politiques ? Un complet renversement de tendance serait difficile : seringueiros et Indiens travaillent en étroite association au sein de leurs coopératives et sont devenus les incontournables gardiens d'une forêt qui les abrite et les nourrit. Immergés dans la nature, ils en vivent, alors que nous prétendons la dominer brutalement pour la forcer, par nos technologies et nos intrants, à produire toujours plus.

Certes, une coopération aussi harmonieuse entre l'homme et la nature est favorisée par le petit nombre de personnes peuplant ces zones reculées et peu accessibles. Lorsque la démographie explose, des déséquilibres se manifestent, liés à la nécessité de nourrir une population croissante. On déboise alors massivement pour réaffecter les terres à des usages agricoles. À preuve l'État voisin du Rondônia où, comme on le voit du hublot de l'avion qui mène à Rio Branco, capitale de l'Acre, s'étirent le long des routes des pâturages parsemés çà et là de quelques palmiers rescapés du bulldozer ; pâturages pauvres, comme le sont aussi ces terres déboisées dont l'humus, peu abondant sous ce qui fut d'immenses forêts, est emporté par les pluies équatoriales vers les fleuves aux eaux épaisses et limoneuses, puis vers la mer.

7

Reverdir la Terre

Les déforestations massives qui desquament la peau de la Terre inquiètent les écologistes. Chaque année, 140 000 km^2 de forêts disparaissent, soit le quart du territoire français ! Avec la forêt disparaissent aussi naturellement bon nombre d'espèces animales et végétales, ce qui érode du même coup la biodiversité. Disparaissent également les peuples indigènes, ces tribus indiennes en constante régression auxquelles le Brésil se dit pourtant fort attentif. Et, avec elles, le savoir de leurs guérisseurs et de leurs chamans, courtisés par les scientifiques qui collaborent avec eux dans le cadre de l'ethnopharmacologie, science des pharmacopées traditionnelles.

Le déboisement s'accompagne d'une aridification du climat, car les arbres, en transpirant, nourrissent les nuages et génèrent la pluie. Plus de forêts, plus de pluie, comme on le voit à la chute de la pluviométrie le long du golfe de Guinée où le Sahel descend de plus en plus au sud tandis que les forêts se réduisent comme peau de chagrin. La situation en Indonésie est pire encore, et les experts s'attendent à ce qu'elles aient disparu de l'ensemble du Sud-Est asiatique d'ici quelques décennies. Seules devraient se maintenir les vastes forêts de l'Afrique équatoriale, dans le bassin du Congo, difficilement accessibles et pour cette raison naturellement protégées de prédations excessives ; mais aussi, espérons-le, une bonne partie de l'Amazonie, le plus vaste massif forestier du monde.

Face aux menaces qui pèsent sur les forêts équatoriales, le reboisement apparaît comme l'un des impératifs catégoriques de l'écologie. Et pas seulement au Sud, mais aussi dans l'immense taïga russe, mise en coupe réglée par les mafias pour satisfaire aux besoins insatiables de la Chine.

L'effort de reboisement est modeste en zone équatoriale, hormis les plantations de tecks ou de palmiers à huile. Mais le reverdissement du Sahel mobilise de nombreuses initiatives. Parmi celles-ci, un programme original engagé par le Rotary international.

En région subsaharienne, la désertification a progressé vers le sud de 150 à 200 kilomètres en trois décennies, sur un front allant du Sénégal à Djibouti. Le désert a ainsi gagné une superficie égale à celle de la France. Jacques Gasc, ingénieur à Grenoble, a révolutionné l'arboriculture saharienne. Il est l'auteur d'un procédé de replantation original : une gaine en plastique entièrement biodégradable, de 1 mètre à 1,20 mètre de longueur, fermée à son extrémité et percée de trous sur un côté, puis remplie de sable, est disposée dans le trou creusé pour planter un arbre. Les racines de ce jeune plant sont humidifiées en permanence par l'eau apportée dans la gaine à raison d'un litre trois fois par semaine. Ces gaines dites « Irrigasc » sont fabriquées à Dakar. L'eau, descendant progressivement au fond de la gaine, est suivie par les racines qui s'implantent ainsi en profondeur et atteignent une terre plus riche en matières organiques et donc plus fertile.

Ces plantations se déploient au sud de Dakar : 500 000 arbres ont été plantés en 2005 ; l'objectif est de 1 million d'arbres pour 2007, soit la possibilité de rendre 10 000 familles autosuffisantes, car les manguiers ainsi plantés peuvent donner jusqu'à 400 kilos de fruits par arbre et par an. Or un arbre et sa gaine d'irrigation ne coûtent que 2 euros. Les arbres ainsi plantés, dès lors que leurs racines sont suffisantes, n'ont plus besoin d'être arrosés après deux ans, et les récoltes débutent dès la quatrième année. Pour bénéficier du financement du Rotary, chaque agriculteur se doit de délimiter son champ par une haie d'épineux afin que les animaux ne puissent pas y pénétrer. L'agriculteur devra aussi avoir creusé ou remis en état un puits traditionnel, procédé économe indispensable pour l'alimentation en eau des jeunes plantations.

Les quantités d'eau nécessaires sont modestes. L'arrosage traditionnel sous des températures pouvant atteindre 45 °C exigerait non pas trois, mais trente litres d'eau par arbre et par semaine ; mais, dans ce cas, 90 % de l'eau serait perdue par évaporation. De plus, les racines, ne trouvant de l'humidité qu'en surface, s'étaleraient sans réussir à s'enfoncer profondément dans la terre fertile, et l'arbre finirait par mourir. Dans le procédé de Jacques Gasc, au contraire, les racines descendent en profondeur, atteignent les couches fertiles du sol et peuvent s'enfoncer jusqu'à 20 mètres, assurant ainsi l'équilibre vital de l'arbre.

Cette vaste opération, initiée sous l'égide du Rotary de Vendôme, est relayée par un grand nombre de clubs rotariens. Elle bénéficie de l'expérience d'une organisation internationale désormais centenaire, puisqu'elle a fêté ses 100 ans le 25 février 2005. Regroupant 28 000 clubs répartis dans 160 pays, le Rotary mobilise près de 1,5 million de femmes et d'hommes bénévoles ralliés à la devise « Servir d'abord ».

Plus au nord, la fondation KINT-IRGT, présidée et animée par le prince Laurent, fils cadet du roi Albert II de Belgique, déploie également un programme d'extension de la ceinture verte de Nouakchott, en Mauritanie. Le reboisement porte sur plusieurs espèces d'arbres spécifiques de ces régions arides[1]. Soixante mille plants ont été mis en place en 2005. Pour fixer les dunes, des palissades de jeunes arbustes sont créées, orientées dans le sens nord-est/sud-ouest, soit perpendiculairement aux vents dominants. *Prosopis biflora* est installée sur des cordons dunaires mobiles, cette espèce étant bien adaptée à ces milieux extrêmement défavorables à toute végétation. Dans les zones plus stables, l'acacia du Sénégal fait merveille pour verdir le désert. Ces efforts de reboisement sont menés conjointement avec une ONG internationale, la Fédération luthérienne mondiale. Ils permettent de protéger Nouakchott, capitale au développement tentaculaire, sans cesse menacée par des vents de sable issus de sols dunaires non stabilisés.

---

1. Appartenant aux genres *Prosopis*, *Leptadenia*, *Balanites* et *Acacia*.

Ces opérations de reboisement pourtant méritantes font pâle figure à côté des programmes titanesques mis en œuvre par la Chine. Ce pays gigantesque, couvrant une superficie égale à dix-sept fois celle de la France, a reçu le 10 décembre 2003 la certification du record mondial en matière de reboisement, délivrée par Guinness. Le programme chinois dépasse par son ampleur l'effort de reconquête mené par le président Roosevelt aux États-Unis pour maîtriser les dégâts du *Dust Boil*[1], lorsque, au début des années 1930, s'abattirent sur l'est du pays, jusqu'à la côte atlantique, de violentes tempêtes de sable issues du Middle West imprudemment labouré sans tenir compte de l'érosion éolienne. En Chine aussi, il était temps d'agir. Pendant des siècles, les Chinois ne se sont guère préoccupés de leur patrimoine sylvicole. Pressés par une démographie galopante et des besoins croissants en bois de construction et de chauffage, soucieux de conquérir de nouvelles terres agricoles, ils n'ont cessé de déforester leur territoire. Ce processus s'est déroulé depuis des millénaires, d'où ces immenses zones déboisées de l'ouest du pays, où prennent naissance les grands fleuves. Aujourd'hui, le taux de couverture forestière de la Chine frôle les 17 %, loin derrière le taux mondial moyen de 30,8 %. Depuis un demi-siècle, c'est l'équivalent de trois départements français de forêts qui disparaissent chaque année, avec les conséquences dramatiques engendrées par de telles pratiques : l'érosion rapide des sols qui ne retiennent plus l'eau, d'où des inondations catastrophiques dans les provinces

---

1. Sur le *Dust Boil*, on se reportera à mon ouvrage, le *Tour du monde d'un écologiste*, Fayard, 1990 ; Le Livre de Poche n° 30993.

méridionales, tandis que les provinces du Nord et de l'Ouest sont plutôt victimes de la désertification, certaines zones étant littéralement englouties sous les sables.

Après les dramatiques inondations du Yangzi en 1998 – les plus fortes du siècle avec celles de 1954 –, les autorités réagirent avec vigueur. On décida de protéger les forêts existantes et de reboiser massivement. La Chine avait en effet été, jadis, un grand pays forestier. Y subsistait encore, dans le Nord, une taïga peuplée de conifères, tandis que le Centre était occupé par des forêts tempérées et le Sud par des espèces tropicales ; d'où une exceptionnelle biodiversité végétale comprenant plus de 7 000 espèces de plantes ligneuses, à comparer aux quelques dizaines de notre flore d'Europe occidentale. La Chine se lança donc dans un programme titanesque avec pour objectif d'obtenir un recouvrement forestier global de 23 % du territoire d'ici à 2020. Pas moins de 540 millions d'arbres auraient été plantés par des professionnels et des bénévoles en 2002, y compris en zone urbaine pour tenter de limiter les dégâts catastrophiques de la pollution de l'air.

Pratiquées à une telle vitesse, les opérations de reboisement sont plus quantitatives que qualitatives. Les plantations ne bénéficient guère des préceptes de l'écologie ; on choisit des arbres à croissance rapide et à haut rendement, qui alignent à perte de vue des eucalyptus dans le Sud pour répondre aux besoins en fibres de l'industrie du papier, des peupliers dans le Nord et l'Ouest. Mais ces arbres n'ont pas encore atteint la taille requise pour être exploités. Du coup, la

Chine manque de bois pour soutenir son extraordinaire croissance économique. Les besoins s'élèvent aujourd'hui à 370 millions de stères par an, alors que la production annuelle n'atteignait en 2002 que 100 millions de stères, et ce bien que la forêt chinoise gagne déjà 18 000 km² par an. Pour satisfaire cette demande en bois, la Russie, la Malaisie et la Nouvelle-Zélande exportent leurs productions vers la Chine – souvent clandestinement. Les superbes forêts de Bornéo sont saccagées par des abattages sauvages et désastreux pour l'exceptionnelle biodiversité de cette île où l'on vient de découvrir une nouvelle espèce de singe. Mais la Chine est insatiable. Habile à transformer le bois, elle exporte toujours plus de contreplaqué, de panneaux de fibres et de meubles.

La France apporte sa contribution aux efforts des Chinois. Des liens se sont noués entre l'École supérieure du bois de Nantes et l'université de Harbin, au nord-est, ville récemment polluée par des rejets de benzène qui ont été jusqu'à contaminer le fleuve Amour et la ville russe de Khabarovsk, en Sibérie orientale. Entre ces deux établissements, des échanges d'étudiants se développent. D'autre part, le centre INRA de Nancy collabore avec la province autonome de Mongolie-Intérieure pour reconstituer des forêts à *Pinus tabulaeformis*. Il s'agit d'apporter à ces pins des souches fongiques susceptibles de les mycorhizer, c'est-à-dire de mieux nourrir leurs racines et donc de favoriser leur développement. À Pékin, en 1998, une équipe nancéienne a planté des peupliers, arbres très sensibles à la pollution de l'air, qui ont permis d'établir les premières cartes de pollution. Sujet brûlant dans la capitale chinoise exposée aux vents de sable soufflant du désert de Gobi et engloutissant la ville sous une chape jaunâtre qui vient se superposer aux nuages de pollution qui surplombent les grandes agglomérations chinoises. Les cosmonautes, dans la partie nocturne de leur périple autour de la planète, ne parviennent plus, disent-ils, à distinguer les lumières de Pékin comme ils font de celles de Paris, de Londres, de Los Angeles ou de New York. Aussi les Chinois se sont-ils évertués à créer un mur végétal, à l'ouest de Pékin, pour tenter de réduire les risques de pareils déboires. Parviendront-ils ainsi à ces Jeux olympiques « *clean*, écolos et technos » qu'ils ont promis pour 2008 ? Rien n'est moins sûr.

Parce qu'ils sont des « communistes capitalistes », les Chinois peuvent mettre en place des programmes ambitieux, les faire aboutir rapidement et les soustraire aux aléas que les changements de majorité, dans les démocraties, font peser sur les décisions des gouvernements précédents. Il en résulte une efficacité étonnante et une capacité de réagir rapidement à l'émergence de nouveaux besoins. C'est peut-être ce que la Chine pourrait nous apprendre. En matière de développement durable, qui dit durabilité dit en effet aussi continuité et durabilité dans la réalisation des projets...

8

L'aventure de l'agriculture durable

André Pochon est breton. Sa longue carrière témoigne de la capacité des hommes de ce terroir à servir avec force et vigueur leurs convictions [1]. Comme beaucoup de jeunes agriculteurs de son époque, André fut formé par la Jeunesse agricole catholique (JAC). Bientôt il apparaît dans le monde agricole de son époque comme un véritable mutant. En 1954, il crée le Centre d'études techniques agricoles (CETA) de Mur-de-Bretagne. À l'époque, les CETA – il y en eut pas moins de 960 – témoignent de la prise en main par les agriculteurs de leur propre destin. Dans une atmosphère conviviale, de petits groupes s'organisent pour mettre en commun leurs expériences et leurs projets. Dans les campagnes, on croit à ce que l'on voit, et les initiatives heureuses font rapidement tache d'huile.

Très vite, quelques règles élémentaires s'imposent en matière d'agronomie : « Promouvoir le nécessaire équilibre entre le sol, les plantes et les animaux, réaliser une bonne rotation des cultures, utiliser du fumier

---

1. A. Pochon, *Les Sillons de la colère*, Syros, 2001.

pour enrichir le sol en humus, cultiver des plantes adaptées au sol et au climat, enfin nourrir les vaches à l'herbe. » Rien là que de très banal, dira-t-on. Et pourtant, en travaillant avec des agronomes patentés, René Dumont et André Voisin, présents sur le terrain dans les exploitations, la révolution fourragère s'engage. Extraordinaire animal que la vache, « munie d'une barre de coupe à l'avant et d'un épandeur à l'arrière » ! Bien vite, on réalise qu'elle fait le travail toute seule. Fini, donc, de nourrir les vaches avec les céréales, les choux, les betteraves, le foin, le trèfle violet fauché chaque matin. Que d'heures de labeur économisées, comme d'ailleurs cette corvée de fumier transporté aux champs, puis étalé. Bref, grâce à l'herbe, le travail paysan prend désormais une couleur plus riante. Le jeune André et ses amis énoncent donc un nouveau slogan : « À l'herbe les vaches ! » Et l'on élève désormais des frisonnes qui produisent plus du double de lait que les armoricaines.

Grâce à ses prairies de trèfle blanc et à ses vaches judicieusement sélectionnées, André travaille moins et gagne plus. Le beurre et la crème sont vendus ; le petit-lait sert à l'alimentation des cochons, car, comme disent les Danois : « Le porc est pendu au pis de la vache. » La prairie temporaire au trèfle alimente de surcroît les sols en azote, apanage propre aux plantes de la famille des légumineuses, dont celle-là. Et lorsque, au bout de trois ans, la prairie est labourée pour y mettre par exemple des betteraves, la terre est riche et fertile. Quant aux céréales qui suivent les betteraves dans les assolements, elles bénéficient de ces terres riches et donnent d'excellents rendements avec de très faibles quantités d'engrais. Beaucoup d'économies, donc, dans ces fermes où la polyculture, jusqu'au tournant des années 1970, nourrissait les paysans sans qu'aucune exploitation disparaisse, et nourrissait aussi l'Europe en lui assurant son autonomie alimentaire.

Puis arrive le maïs : un maïs hybride susceptible d'être cultivé sous différents climats et dont les graines devront être achetées chaque année par le paysan au semencier. C'est une véritable révolution. Certes, dans les régions les moins ensoleillées, le maïs ne parvient pas à mûrir ses grains. Qu'importe : il sera ensilé, c'est-à-dire récolté entier, broyé et compacté dans un silo pour être conservé en attendant d'être consommé par le bétail. Finies, les prairies à l'herbe ! Désormais, le maïs devient la base de l'alimentation des bovins. Mais le maïs est pauvre en protéines ; il faut l'associer au soja, tout droit importé d'Amérique. La révolution du maïs et du soja, ce sont des paysans obligés de recommencer chaque année à labourer, à semer, à traiter, à récolter, à transporter, à distribuer, cette fois avec de grosses machines générant d'énormes dettes contractées auprès du Crédit agricole. L'agriculteur s'industrialise et les petites exploitations disparaissent. Le monde agricole se vide. Les grosses machines exigent de grandes surfaces. Les haies sont rasées, les talus arasés, les zones humides drainées, les prairies naturelles labourées. Le paysage bocager fait place aux « mornes plaines ». Les sols s'érodent sous l'action de la pluie et du vent : les minéraux et la matière organique sont emportés. Les vents ne sont plus freinés par le bocage, et de violentes tempêtes se déchaînent. Les pluies ne sont plus retenues par les haies, d'où des inondations plus fréquentes. Mais qu'importe : l'État paie. On n'hésite pas à cultiver du maïs plusieurs années de suite sur les mêmes parcelles. Du coup, les terres sont laissées à nu durant tout l'hiver ; d'où un lessivage des nitrates, dont le maïs est gourmand, entraînés par les pluies et polluant nappes souterraines et cours d'eau. C'est l'une des causes qui ont contribué à polluer si fortement les eaux en Bretagne.

Et comme un progrès ne vient jamais seul, les paysans vendent désormais leur lait à la coopérative. Plus de beurre, plus de petit-lait pour les cochons, car le lait est bien payé et il est plus commode et plus rentable de le livrer sans le transformer. Mais alors, comment nourrir les cochons ? Avec du soja, naturellement, débarqué par bateaux entiers dans les ports. Comme il n'est plus besoin de lait pour les cochons, l'agriculture se spécialise : les uns font du lait, d'autres du porc. L'association lait-porc est rompue. Apparaissent alors les grandes porcheries industrielles bretonnes où, à la manière hollandaise, les cochons sont élevés non plus sur la paille, mais sur caillebotis, un béton ajouré. Leurs déjections passent directement dans des fosses à lisier génératrices d'odeurs pestilentielles qui se propagent loin des porcheries, pour le plus grand malheur des voisins. Ces élevages concentrationnaires ne cessent de s'agrandir, tandis que le nombre de producteurs diminue en proportion. Les pollutions accompagnent cette démesure : l'eau est polluée par les nitrates du lisier, le sol par les excédents d'engrais, l'air par l'ammoniac émanant des élevages et qui met même en danger la santé des éleveurs. Les rivières, la mer recueillent ces pollutions, et d'immenses marées vertes occupent le littoral : une pollution redoutée des hôteliers, des touristes et des pêcheurs, due à l'excès de nutriments minéraux, nitrates et phosphates notamment, générant d'intenses proliférations d'algues vertes dont nul ne sait que faire.

Tandis que les élevages industriels se multiplient et que le maïs-fourrage prend la place des vertes prairies, les grandes plaines céréalières de la Beauce et de la Brie s'installent dans la monoculture, avec la promotion d'un nouvel assolement pour les très gros agriculteurs : blé, betteraves, Côte d'Azur... Mais les sols compactés par le poids des engins agricoles perdent leur fertilité et subissent érosion et lessivage. Faute de bétail, plus de fumier, donc plus d'humus. La terre n'est plus qu'un simple support mécanique sur lequel il faut tout apporter pour produire : engrais, herbicides, fongicides, insecticides, car il n'y a plus de haies pour abriter les prédateurs des insectes nuisibles. Il faut aussi irriguer, car la terre sans humus ne retient plus l'humidité ; elle est aussi trop tassée pour permettre aux racines de descendre puiser l'eau en profondeur. Mais si la terre se porte mal, le céréalier, lui, se porte bien : la Politique agricole commune, grâce à ses primes, le comble de ses bienfaits. Pour une très grande exploitation, l'agriculteur reçoit chaque année jusqu'à 200 000, voire 300 000 euros de primes ; de quoi s'acheter chaque année une nouvelle ferme avec l'argent du contribuable européen !

Engins agricoles coûteux, lourd impact de la chimie, omniprésence du maïs et du soja, plantes étrangères au terroir européen : voilà dopé le lobby agroalimentaire qui tire de juteux profits de ce bouleversement total de l'agriculture européenne. L'Europe surproduit et déverse ses excédents à bas prix sur les pays en développement, ruinant du même coup leur agriculture qui, à la différence de la nôtre, n'est pas subventionnée. Bref, le contribuable européen paie cher pour ruiner le paysan africain. Un drame que l'OMC, dans le cadre du cycle de Doha, n'est pas parvenue à surmonter, tant les pays riches s'obstinent à subventionner leur agriculture. Ne serait-il pas plus sage de payer à nos paysans les produits agricoles à leur juste prix, en consacrant une part légèrement plus grande du budget des ménages à l'alimentation, quitte à rogner quelque peu sur les budgets des loisirs et des technologies en constante progression (et péremption...) ?

Il faut réagir. En octobre 1982, André Pochon crée le Centre d'études pour un développement agricole plus autonome, le Cedapa. Il énonce le concept d'« agriculture durable » qui invite au retour à la prairie : c'est la « preuve par l'herbe », avec la fin du maïs-fourrage ; elle représente pour l'agriculteur une économie substantielle avec une production de viande inchangée par des vaches au pré ; et cette viande est meilleure et mieux payée. Bientôt, le Cedapa fait des adeptes en Bretagne et bien au-delà. Une enquête menée sur dix fermes vendéennes ayant fait la même démarche que celle du Cedapa montre qu'en cinq ans les revenus ont augmenté d'un tiers. Pour produire économiquement de la viande et du lait, on revient donc à l'herbe pâturée et au foin, car le système maïs-soja coûte beaucoup plus cher pour un résultat identique. De surcroît, le soja est à peu près intégralement importé d'Amérique, ce qui en dit long sur la dépendance alimentaire du premier pays agricole de l'Union européenne.

L'agronome vétérinaire André Voisin, herbager en Normandie, avait théorisé dès 1975 *La Productivité de l'herbe*. Ce livre traduit en plusieurs langues est passé inaperçu en France. Pourtant, le célèbre agronome bénéficiait d'une réputation internationale aussi bien aux États-Unis qu'en Amérique du Sud, où ses conseils ont été mis en œuvre par de nombreux jeunes agriculteurs des régions pauvres. La méthode d'André Voisin permet d'augmenter de 70 % le rendement d'une prairie sans aucune dépense supplémentaire. Au surplus, l'implantation de prairies est le meilleur moyen de lutter contre l'érosion des terres, au Brésil par exemple.

Un autre thème de l'agriculture durable consiste à « mettre le cochon sur la paille plutôt que l'éleveur » ! La paille mise à disposition du cochon en grande quantité donne non pas du fumier, mais une litière sèche qui composte sous les cochons – un compost sans odeur, indispensable pour la fumure des terres. Finis donc le caillebotis en béton ajouré et les lisiers polluants ! Quel meilleur moyen pour arrêter le désastre de la pollution des eaux en Bretagne, laquelle a exigé la mise en œuvre de pas moins de trois grands programmes, véritables tonneaux des Danaïdes dont les résultats ne sont pas à la mesure des subventions qui leur ont été affectées ? Grâce à l'association Eaux et Rivières de Bretagne, animée par Jean-Claude Pierre, l'opinion s'est réveillée, et, avec elle, les pouvoirs publics. La création de porcheries géantes n'est plus d'actualité, et les Hollandais, inventeurs des élevages de porcs sur caillebotis, sont eux-mêmes revenus à des méthodes d'élevage moins destructrices pour l'environnement.

Pour tenir face à la pression des instances dirigeantes du monde agricole, menées par un syndicat tout-puissant et, jusqu'à il y a peu, unique dans la profession, les agriculteurs durables s'appuient sur les consommateurs. Ils ont introduit en 1994 un cahier des charges de l'agriculture durable. Misant sur la traçabilité et le contrôle dont dépend la qualité des produits, il est aussi très contraignant sur le plan environnemental.

Cette préoccupation environnementale rejoint celle de la nouvelle Politique agricole commune qui lie les aides à des critères environnementaux. Mais elle n'a pas, hélas, supprimé la prime au maïs, pour la transférer sur une hypothétique et très attendue prime à l'herbe. Elle n'a pas non plus taxé les pesticides et l'azote, projet qui valut à Dominique Voynet de voir son bureau du ministère de l'Environnement saccagé par des céréaliers en colère. Une telle taxe serait pourtant d'un maniement aisé : à l'instar de la taxe sur les produits pétroliers, il suffirait de la prélever à la source, c'est-à-dire au départ de l'usine.

On sait d'ailleurs aujourd'hui que l'intensification à tout va n'est pas rentable. Il est plus intéressant, d'un point de vue économique, de produire 80 quintaux à l'hectare en utilisant des intrants dans des proportions raisonnables que de produire 100 quintaux en forçant sur les engrais et les pesticides, car le supplément de rendement ne paie plus le supplément de dépenses. Il y a donc intérêt à tourner le dos à cette surintensification, pour le plus grand profit des agriculteurs. Ceux-ci produiraient du même coup moins d'excédents, ce qui pousserait les cours à la hausse, et ils utiliseraient moins d'intrants, ce qui ménagerait la qualité des sols, et, en ce qui concerne les pesticides, la santé humaine.

À quoi sert-il de surintensifier pour déverser ensuite les excédents sur des pays en développement dont les agriculteurs, du même coup, se retrouvent ruinés ? L'agriculture durable, c'est aussi reconnaître aux peuples le droit de se nourrir eux-mêmes, et permettre que chacun bénéficie d'une réelle autonomie alimentaire. En revanche, il convient de sauvegarder la préférence communautaire en évitant d'ouvrir tous azimuts les frontières de l'Europe à des produits agricoles bon marché venant de pays comme ceux du Groupe de Cairns (dont l'Australie, le Canada, l'Argentine, la Nouvelle-Zélande), qui bénéficient d'immenses surfaces et de conditions climatiques favorables, et qui exportent leurs productions à des coûts très bas.

L'agriculture durable passe aussi par la valorisation des produits des terroirs et par une limitation des coûts de transport liés aux exportations au long cours, donc par des gains énergétiques substantiels.

L'agriculture biologique s'inscrit naturellement dans les perspectives de l'agriculture durable [1]. Peu soutenue en France, elle regroupe des agriculteurs courageux et convaincus, attachés à une éthique dans l'exercice d'une profession qui, du paysan à l'exploitant, s'est quelque peu fourvoyée. Le cahier des charges des produits bio sécurise le consommateur, car il interdit totalement l'usage de pesticides chimiques de synthèse et de

---

1. L. Legoff, *Manger bio, c'est pas du luxe* (remarquable synthèse sur l'agriculture biologique), Terre vivante, 2006.

produits de soins tels que les antibiotiques. Il exige aussi la traçabilité et le contrôle des produits. Le peu d'engagements de la France en faveur de l'agriculture biologique est d'autant plus choquant que le monde agricole continue à organiser l'inéquité en subventionnant copieusement les plus riches, les moins soucieux de la qualité environnementale ou de la qualité des produits, et en laissant en souffrance ceux qui prennent en compte ces deux critères. Voilà qui explique notre retard en matière d'agriculture biologique par rapport à nos partenaires au sein de l'Union européenne.

Pourtant, en matière agricole, insensiblement les lignes bougent. Trop lentement, cependant. Il est clair qu'il n'est plus possible de défendre une agriculture intensive à base de pesticides et d'OGM – ces derniers contenant d'ailleurs également des pesticides – lorsqu'on sait les dégâts que ceux-ci occasionnent sur la santé. En mimant les hormones femelles, ils entraînent de plus en plus de cas d'infertilité masculine en réduisant le nombre et la vitalité des spermatozoïdes. L'Institut national de la recherche agronomique (INRA) s'est d'ailleurs nettement prononcé en faveur d'une désintensification et d'une « rupture » avec cinquante ans de pratiques d'agriculture intensive. Il faudra que l'agriculture diminue drastiquement ses recours aux pesticides, et la seule solution pour y parvenir est de s'inspirer des principes du développement durable. Il faudra veiller surtout à ne pas accabler nos agriculteurs, totalement instrumentalisés par les lobbies agrochimiques, mais aussi par les lobbies qui se créent au sein même de la profession à l'initiative des plus puissants d'entre eux.

C'est en toute bonne foi qu'un agriculteur utilise des pesticides. Comme j'indiquais à l'un d'eux les risques qu'ils font courir à la santé, celui-ci me répondit candidement : « Mais pourquoi les autorise-t-on à la vente s'ils sont dangereux ? » Bonne question qui renvoie à la nécessaire expertise de ces produits avant leur mise sur le marché. Encore que les pesticides fassent l'objet de procédures d'expertises particulières déjà très encadrées, c'est à quoi entend s'employer l'Union européenne dans le cadre de son programme « Reach » (« Enregistrement, évaluation et autorisation des substances chimiques »), visant à évaluer l'impact des molécules chimiques sur l'environnement et la santé, et donc à « sécuriser » et « moraliser » la chimie.

Certains objecteront à la lecture de ces lignes, en invoquant la nécessité d'une agriculture intensive pour faire face aux besoins alimentaires d'une population mondiale croissante. Combien n'a-t-on pas entendu ressasser que les OGM permettraient de régler le problème de la faim dans le monde ! Nous sommes aujourd'hui 6,5 milliards d'humains. Demain, en 2050, nous serons sans doute 9 milliards, chiffre qui ne devrait plus guère croître à l'horizon 2100. Du coup se pose une question : une agriculture durable permettra-t-elle alors de nourrir la population mondiale ? La réponse est oui, à condition de valoriser des pratiques agronomiques productives et non polluantes.

Philippe Desbrosses, expert reconnu par l'Union européenne pour sa longue expérience en agriculture biologique à la Ferme Sainte-Marthe, à Millançay en Sologne, apporte un témoignage probant. Il démontre en effet que des rendements très importants peuvent être obtenus sans intrants chimiques, en modifiant des pratiques culturales souvent considérées comme intangibles. Tel est le cas de la culture intensive du riz à Madagascar.

Le système de riziculture intensif (SRI) a été développé dans ce pays, au cours des années 1980, par le père jésuite Henri de Laulanié. Il a été ensuite suivi et évalué par l'Institut international pour l'alimentation, l'agriculture et le développement de l'université Cornell, à New York. Ce système de riziculture a permis de passer d'un rendement traditionnel de 2 tonnes à l'hectare à 5 ou 10 tonnes, voire 15 tonnes chez les agriculteurs qui l'ont adopté. Ces résultats spectaculaires ont été obtenus par une remise en cause radicale des règles conventionnelles de la culture du riz.

Les plants de riz sont repiqués au bout de huit à douze jours, et non au bout de trente jours. Les tiges secondaires partant de la base de la tige principale, les talles, sont, avec ce système, au nombre de cinquante à quatre-vingts, à comparer avec les cinq à vingt obtenues par le système conventionnel. Chaque plant est donc beaucoup plus productif ; du coup, les quantités de semences utilisées sont réduites d'autant. Mais, du coup aussi, le riz est planté moins serré. Il est repiqué en carrés de 25 centimètres de côté plutôt qu'en lignes, ce qui facilite le désherbage mécanique. Les plants, disposant d'un espace plus grand pour leurs racines et leurs talles, développent un système racinaire plus puissant qui diminue le risque que le riz verse sous l'effet du vent.

Mais la principale révolution dans la culture du riz par ce système part du constat que, contrairement à l'image traditionnelle, le riz n'est pas une plante aquatique. Les champs de riz ne sont donc pas inondés durant la période de croissance, mais simplement arrosés tous les trois à six jours. Une courte période d'inondation intervient seulement après la floraison, mais un drainage survient vingt-cinq jours avant la récolte. Pour le riz conventionnel, la pratique de l'inondation permet de contrôler le développement des mauvaises herbes. Avec le système SRI, les agriculteurs doivent désherber mécaniquement ou à la main jusqu'à quatre fois pour obtenir un rendement maximal. Ceux qui ne le font pas obtiennent néanmoins un rendement deux ou trois fois supérieur au rendement conventionnel ; et ceux qui le font poussent ce rendement à quatre ou six fois plus. Les engrais utilisés ne sont pas chimiques, mais organiques, comme le compost.

Comme le SRI défie la plupart des principes de base de la culture irriguée, les agronomes ont été plus que sceptiques à son égard. Pourtant vingt mille agriculteurs ont adopté ce système à Madagascar, et l'université Cornell a apporté son assistance aux institutions de recherche agronomique dans de nombreux pays d'Asie et d'Afrique, pour qu'elles le testent. Dans tous les cas, les rendements ont été considérablement améliorés. Ils ont atteint en Chine 9 à 10 tonnes par hectare la première année, à rapporter à une moyenne nationale de 6 tonnes.

Voilà donc une révolution dans l'histoire agronomique du riz, qui augmente les rendements, limite les consommations de semences et d'eau, et ne nécessite ni engrais chimiques ni OGM [1].

---

1. N. Uphoff, *Considerations on the System of Rice Intensification*, Cornell International Institute for Food, Agriculture and Development (CIIFAD), 2005.

Une telle révolution prouve, s'il en était besoin, que l'amélioration des pratiques culturales doit permettre de nourrir effectivement les neuf milliards d'habitants attendus sur la planète à l'horizon 2050. Et bravo à la communauté jésuite de Madagascar qui a initié et qui suit cet ambitieux projet !

Aujourd'hui, les initiatives novatrices en matière d'agriculture se multiplient et font école. L'itinéraire de Pierre Rabhi est à cet égard exemplaire [1]. Très réticent à l'égard du productivisme, si prégnant dans le monde agricole, il a initié dans sa ferme de Montchamp, à La Blachère, dans l'Ardèche, de nouvelles générations à l'agriculture biologique, et il n'hésite pas à faire bénéficier de son expérience d'homme de terrain des paysans africains. Mais l'œuvre de Pierre Rabhi a débordé le seul monde agricole : son appel à une « insurrection des consciences » a suscité de larges échos, et il rassemble autour de lui des centaines d'auditeurs dans le cadre de conférences qu'il consacre à faire émerger une écologie humaniste n'excluant pas la dimension du sacré, si étrangère au matérialisme contemporain.

---

1. P. Rabhi, *Du Sahara aux Cévennes*, Albin Michel, 1995.

9

Les plantes médicinales
aux Jardins du monde

Jardins du monde est une petite ONG dotée d'un fort potentiel de croissance, si l'on en juge par le chemin parcouru depuis sa fondation il y a dix ans[1]. Association de droit français, déclarée d'utilité publique, elle se fonde sur la rencontre et la convergence de trois éléments : un constat, un homme, une conviction.

Le constat, d'abord. On estime que près de 80 % de la population mondiale ne dispose d'aucun accès à la médecine moderne. Ces personnes ne consultent jamais un médecin ni ne fréquentent aucun pharmacien. L'un et l'autre leur sont inaccessibles soit par la distance, soit par le coût des prestations. Leur seul recours est de consulter des « tradipraticiens », ces « hommes-médecine » ancrés dans leurs traditions, qui utilisent les plantes pour soigner. Ainsi trois Terriens sur quatre n'ont aucun accès aux médicaments modernes, trop chers, voire souvent périmés ou adultérés parce que négociés sur des circuits parallèles, au mépris de toutes les règles relatives à leur dispensation.

---

1. Association Jardins du monde, Brasparts, Finistère.

De G8 en G8, les riches pays du Nord se saisissent de manière récurrente de ce problème. Ils insistent pour qu'au moins les médicaments les plus nécessaires, ceux qui pourraient juguler l'épidémie de sida, si dévastatrice en Afrique subsaharienne, puissent être accessibles aux populations démunies. Quelques progrès ont été enregistrés, par exemple par la mise à disposition de médicaments génériques, mais force est de constater que, globalement, les pays du Sud n'ont pas accès aux thérapeutiques modernes. C'est ce défi que Jardins du monde entend relever.

Jean-Pierre Nicolas est l'homme de la situation. Ce Breton courageux et motivé a commencé sa carrière dans le social en travaillant d'abord comme animateur socioculturel. Mais, bien vite, il entreprend des études longues : psychologie, puis sociologie et enfin anthropologie à l'École pratique des hautes études où il obtient un doctorat couronnant un travail effectué sur les plantes traditionnellement utilisées en thérapeutique par les Mayas K'iché du Guatemala. Ce travail d'anthropologie médicale mais aussi d'ethnologie le met en contact avec l'univers des plantes qu'il avait très tôt rencontré dans sa Bretagne natale.

Jeune, Jean-Pierre aimait herboriser. Il décide alors d'apprendre la botanique en suivant des cours par correspondance, et acquiert ainsi des compétences dans des disciplines qui trop souvent s'ignorent malgré le discours récurrent sur la transdisciplinarité : l'ethnologie et la pharmacognosie, science des plantes médicinales. Ces disciplines, conjuguant leurs compétences, ont engendré une sorte d'hybride : l'ethnopharmacologie. C'est ici qu'il nous rejoint, car, grâce à mon proche collaborateur et ami Jacques Fleurentin, nous avons développé cette discipline dans notre institut de Metz, dans le droit-fil de mon option à l'agrégation de pharmacie en 1961.

Jean-Pierre Nicolas a la conviction qu'il faut aider les peuples pauvres à tirer parti des ressources thérapeutiques de leurs flores. Il pense que les recherches déployées en ce sens par les scientifiques occidentaux ne doivent pas seulement aboutir à des médicaments développés et produits dans les laboratoires des pays du Nord auxquels les intéressés n'auraient finalement aucune chance d'accéder. Il estime au contraire que ces populations démunies ont une priorité absolue sur leurs propres ressources, et va dès lors tout mettre en œuvre pour atteindre cet objectif.

Après avoir tissé de solides relations avec deux institutions consacrant leurs travaux à l'ethnopharmacologie, le service de pharmacognosie de la faculté de pharmacie de Lille, animé par Annick Delelis, et la Société française d'ethnopharmacologie [1], hébergée par l'Institut européen d'écologie de Metz et présidée par Jacques Fleurentin, il se sent armé pour entreprendre avec son équipe ses recherches sur le terrain. Encore faut-il former des acteurs compétents. Ces deux institutions scientifiques organisent donc des formations pour des jeunes intéressés par l'ethnopharmacologie, notamment dans le cadre d'un diplôme universitaire à Lille, mais aussi pour des adultes en charge de responsabilités en matière de santé publique dans leurs pays d'origine, dans le cadre de sessions de formation continue à Metz. Jeunes et moins jeunes issus de ces formations effectue-

---

1. www.ethnopharmacologia.org

ront des enquêtes sur le terrain où la première de leur mission consistera à inventorier les plantes traditionnellement utilisées en thérapeutique par les tradipraticiens, ainsi que les pathologies pour lesquelles elles sont prescrites. Un travail d'autant plus urgent que la mondialisation de la « monoculture américaine » éloigne désormais les populations locales de leur savoir traditionnel, lequel s'érode, étant de moins en moins transmis de génération en génération. Des répertoires sont donc établis, s'appuyant souvent sur des données antérieures correspondant à des travaux de recherches menés depuis quelques décennies par quelques rares spécialistes. Ces travaux apportent une moisson de renseignements sur la richesse des pharmacopées traditionnelles, renseignements qui seront ensuite passés au crible des données scientifiques les plus modernes. Ainsi certaines plantes se détacheront comme particulièrement bienvenues dans la thérapeutique de telle ou telle pathologie. Après ce travail de sélection, elles seront donc conseillées en priorité.

Le travail des équipes d'ethnopharmacologues de Jardins du monde ne s'arrête pas à ces investigations scientifiques. Il a pour objet d'améliorer les soins destinés aux populations locales. C'est ainsi que sont créés des jardins de plantes médicinales où sont cultivés les végétaux les plus utiles afin que chacun puisse les identifier et donc les récolter sans erreur. L'étape suivante consiste à les utiliser pour préparer dans des laboratoires locaux, certes rudimentaires mais où les règles élémentaires d'hygiène sont respectées, des médicaments : sirops, pommades, teintures, etc. Ces préparations sont fabriquées conformément aux règles de la pharmacie galénique, cette discipline de la pharmacie visant à mettre sous forme de préparation consommable telle plante ou telle matière première pharmacologiquement active. Les médicaments ainsi mis au point, souvent dans le cadre de pharmacies communautaires, seront ensuite accessibles à des prix modiques à ceux qui y recourront.

D'un bout à l'autre de la chaîne, un important travail de formation de tous les acteurs locaux concernés est déployé, et c'est donc bien, *in fine*, aux populations locales que revient le bénéfice des initiatives de Jardins du monde. L'association travaille pour les pauvres afin de les faire bénéficier dans les meilleures conditions des ressources naturelles des flores qui sont les leurs. Elle rejoint ainsi les préconisations de l'Organisation mondiale de la santé (OMS), en particulier sur la préservation de la biodiversité et sur la nécessité d'en faire bénéficier les pays qui la possèdent par l'étude et la mise en valeur de leurs pharmacopées traditionnelles.

Étudiant en laboratoire des plantes médicinales issues de plusieurs d'entre elles, nous avons constaté que la plupart possèdent effectivement les propriétés qui leur sont attribuées par les tradipraticiens. Mais il peut aussi se trouver des indications fautives, voire des plantes toxiques utilisées à mauvais escient. C'est ainsi que Jacques Fleurentin a négocié avec Radio France Outre-Mer (RFO) la réalisation de spots télévisés mettant en garde les habitants des Antilles contre l'usage d'une plante hépatotoxique, *Crotalaria retusa*, dont la consommation expédiait souvent les patients à l'hôpital.

Après dix années d'existence, la petite équipe de Jardins du monde s'est étoffée. Nombreux sont les jeunes scientifiques bénévoles prêts à partir sur le terrain pour développer des projets et contribuer à la formation des acteurs de systèmes de santé souvent pauvrement équipés et gravement défaillants.

Aujourd'hui, l'ONG est présente au Guatemala, au Honduras, au Chili, à Madagascar, au Burkina Faso et au Tibet. Les situations locales sont appréhendées sans aucune idée préconçue ; les programmes sont élaborés en étroite relation avec les populations et adaptés à chaque cas de figure. Jardins du monde ne déploie pas dans chaque pays un programme standard, mais tient compte des potentialités locales et des ressources humaines présentes sur le terrain. La plupart des projets intègrent néanmoins un ou plusieurs aspects des thématiques déjà évoquées, allant des enquêtes ethnobotaniques initiales à la mise en place de pharmacies communautaires et de formations des agents de santé. Ainsi, dans certains pays, la carence en médecins et personnels qualifiés est telle que Jardins du monde doit mettre la main à la pâte pour contribuer à former des soignants, des sages-femmes traditionnelles, y compris dans les milieux hospitaliers qui manquent de tout et surtout de médicaments.

L'association est ainsi confrontée à l'extrême dénuement des milieux ruraux marginalisés et délaissés dans lesquels elle développe son action. Jean-Pierre Nicolas constate par exemple, au Burkina et à Madagascar, une dégradation de la situation économique telle que de nombreuses personnes ne peuvent même plus se rendre à leur travail, le prix du litre de carburant nécessaire pour leur mobylette étant dissuasif et correspondant à la paie gagnée en une journée ! Nul doute qu'un tel constat contribue à motiver les jeunes diplômés de l'université de Lille ou de la Société française d'ethnopharmacologie de Metz qui se pressent pour s'engager dans cette lutte contre la pauvreté, la misère, les maladies.

Les jeunes chercheurs en ethnopharmacologie sont de vrais scientifiques, diplômés et compétents. Mais ce sont aussi des scientifiques engagés, convaincus et motivés. Ici la science et l'éthique se rejoignent, et le fameux « Science sans conscience n'est que ruine de l'âme » de Rabelais prend tout son sens. Voilà bien la preuve que le milieu scientifique n'est pas nécessairement instrumentalisé, dépendant des puissants intérêts économiques qui se partagent le monde et qui ont su si bien, au cours des dernières décennies, mettre la recherche scientifique au service de leurs ambitions planétaires.

On entend répéter que le progrès scientifique et technique génère le progrès économique et social. Mais cet adage n'est pas applicable aux plus pauvres, qui ne bénéficient en rien de ce fameux progrès. Adepte d'une science éthique, d'une science engagée, Jardins du monde illustre aussi une science ouverte au plus grand nombre, où les connaissances acquises et enseignées sur les bancs des universités à des groupes nécessairement restreints sont destinées à connaître la diffusion la plus large. Nous sommes loin, ici, de l'ésotérisme en vogue aujourd'hui, qui met en scène tant de gourous de toute sorte, mêlant le pire et le meilleur, très vite en retrait dès lors qu'il s'agit d'ouvrir un débat loyal entre partenaires engagés dans le même souci de soigner et guérir. Ainsi des chamans et de l'étrange phénomène de mode dont ils font l'objet. Dans notre domaine, il n'est plus guère de spécialités, de réunions, de rencontres ou de colloques sans qu'y soit évoqué ou que s'y produise un chaman ! Or il m'est arrivé récemment de constater, après une courte conversation, que j'avais plutôt affaire à un aimable charlatan. Un authentique chaman, tel que celui avec lequel je collaborai au Bénin en 1971 dans le cadre de recherches sur la thérapeutique liée au culte vaudou, nous surprend par l'étendue de ses connaissances et de ses pouvoirs. Mais cette histoire-là reste à écrire...

Jardins du monde est une institution à tous égards exemplaire. Elle s'appuie sur une approche scientifique rigoureuse ; elle valorise des ressources naturelles, patrimoniales, propres à chaque culture ; elle aide les peuples du Sud à en bénéficier dans les meilleures conditions pour soigner leurs propres pathologies, sans oublier les pathologies spécifiques du monde intertropical (paludisme, leishmanioses cutanée et viscérale, etc.). Enfin, elle offre à de nombreux jeunes scientifiques l'occasion de s'impliquer avec la forte motivation de servir les plus nécessiteux. Très charismatique, Jean-Pierre Nicolas a mis tout cela en pratique avec beaucoup de courage, de compétence, de conviction et de talent. Il peine parfois à boucler ses budgets, mais rien ne l'arrête, tant il est vrai que l'altruisme, au mépris de toute recherche de satisfactions personnelles, emplit la vie d'une grande joie. À lui s'applique à merveille ce mot du père Ceyrac, père spirituel et nourricier d'innombrables jeunes Indiens abandonnés : « Tout ce qui n'est pas donné est perdu. »

10

Le jardin d'enfants ?
Un jardin pour les enfants

La ville avait mobilisé pas moins de trois adjoints pour la visite estivale des jardins d'enfants : l'adjointe aux écoles, sa collègue aux espaces verts, son collègue au développement durable. Car, à Metz, les maternelles, si gentiment baptisées « jardins d'enfants », sont devenues effectivement des jardins pour les enfants. Chacune des quarante et une maternelles de la ville possède en effet son petit jardin, coin de paradis où fleurs, fruits et légumes sont amoureusement jardinés par les jeunes pousses messines. Dans chacun, les jardiniers en culottes courtes apprennent à soigner leurs plantes avec tendresse et délicatesse, émerveillés par le mystère de la germination, de la croissance et de l'explosion des bourgeons. La menthe et la mélisse semblent se bien porter, mais les feuilles du potiron sont attaquées par des pucerons ? On leur colle des coccinelles pour qu'elles les débarrassent de ce méchant prédateur !

Cette opération a vu le jour à Metz il y a quelques années sur le thème « Mon potager à l'école ». La ville a confié à plusieurs agents des espaces verts, sous la conduite du bon M. Duda, le soin de guider les petits dans leurs premiers pas vers la connaissance de la nature et le jardinage. Les enseignants et les responsables d'établissements participent activement à la fête avec la bénédiction de l'Éducation nationale.

Pas facile, cependant, d'entretenir un jardin pendant la période scolaire, alors que la haute saison tombe malencontreusement pendant les vacances. Il faut beaucoup d'astuce aux jardiniers municipaux pour planter des fleurs et des légumes à maturité précoce, à charge pour eux de veiller jalousement sur le jardin quand les enfants se seront égaillés pour le temps des vacances. Heureusement, les concierges restent sur place et participent à la pérennité du projet pendant l'intersaison. Si les petits n'ont pas toujours la chance de voir rougir leurs tomates, au moins auront-ils celle de trouver à la rentrée des potirons bien rouges et bien pleins.

Faire des jardins d'enfants des jardins pour les enfants, c'est offrir aux petits urbains la joie de découvrir très tôt la nature. Les plaisirs et les émotions ressentis dans la tendre enfance resteront toute leur vie présents en leur cœur ; car ce qui est acquis petit l'est pour toujours, et ce qui ne l'est pas, hélas, ne le sera probablement jamais.

Mais l'effort développé par la ville de Metz en direction des maternelles est relayé par l'initiative pédagogique de l'Institut européen d'écologie, qui travaille en partenariat avec elle, et initiée avec talent par Franck Steffan. De classe en classe, deux animateurs maison débarquent avec un castelet pour offrir aux petits un spectacle de marionnettes.

L'histoire coécrite avec Franck met en scène Petit Jean et son grand-père jardinier. Petit Jean aide Grand-Père dans les travaux du jardin. Il plante, il bine, il sarcle, il désherbe, il arrose. Mais ce que Grand-Père ignore, c'est la complicité de Petit Jean avec les biossons. Les biossons ? De petits êtres cachés dans le jardin et dont l'enfant conserve jalousement le secret. Quelle émotion pour eux le jour où un énorme dragon, les yeux brillants de fureur, s'approche, menaçant, de leur petit domaine ! Ils se précipitent alors vers Petit Jean pour l'appeler au secours. Grand-Père est mobilisé : l'affreux bulldozer, car c'en est un, est arrêté sur-le-champ, il ne fera pas un mètre de plus. Le jardin sera conservé, les biossons sauvés. Ici point de béton qui viendrait perturber la paisible coexistence des carottes, des radis et des tomates avec leurs trois nuances de rouge.

Voilà la belle histoire que les marionnettes racontent aux enfants. Tous, naturellement, s'engagent à aider Grand-Père à entretenir le jardin, ce qu'il pensait ne plus avoir la force de faire seul en raison de son âge. La menace du « bull » écartée, la vie du jardin reprend son cours paisible. Mais les animateurs, avant de prendre congé des petits, ont mis une plante coupée dans un liquide coloré, et les enfants verront pendant les jours qui suivent comment la couleur monte peu à peu dans la plante, car elle a besoin d'eau, tout comme nous, tout comme eux : c'est ce constat dont les enfants rendront compte aux animateurs lors de la deuxième séance, quelques jours plus tard.

Cette nouvelle séance, après le retour des biossons pour d'autres aventures, se terminera par une seconde expérience. Les plantes seront placées sous une cloche de verre. Les enfants verront alors des gouttelettes d'eau se condenser sur la cloche. Ils découvriront ainsi que, comme nous, la plante transpire.

La troisième et dernière séance, toujours agrémentée du spectacle de marionnettes où les biossons font des leurs, montrera une pomme de terre émettre son germe vers la lumière. Comme nous la plante grandit ; elle boit, elle transpire, elle croît ; comme nous, elle est vivante.

Puis vient la question fatidique : est-ce que les plantes meurent aussi ? Les animateurs n'éludent pas. Mais l'interrogation suivante les étonne : est-ce qu'elles vont au Ciel, comme nous ? Car nombreux sont les petits qui pensent bien y aller, et rares ceux qui se voient finir sous terre. Surprenant, dans le pays le plus déchristianisé d'Europe...

Le jardin, les fleurs et les légumes accompagnent ainsi les enfants tout au long de leur parcours en maternelle. On songe à ce ministre qui voulait absolument apprendre aux enfants des maternelles le maniement des ordinateurs. À vrai dire, en ce domaine, il n'y a rien à leur apprendre : les enfants acquièrent spontanément cette pratique sans l'ombre d'une difficulté. L'ordinateur et Internet entrent dans leur culture dès le plus jeune âge. En revanche, la nature en est sortie. Dans les supermarchés, les enfants s'étonnent que les poissons congelés soient carrés, si différents de ceux des films du commandant Cousteau. Quant au lait, il évoque davantage les briques que le pis des vaches, un animal rare que la télé ne montre pas, à moins qu'il ne s'y présente tout habillé de violet dans la pub d'une marque de chocolat. Tigres et lions, rhinocéros et éléphants sont plus proches de nos enfants que les humbles animaux de nos fermes.

Le désapprentissage, la « déculturation » des enfants par rapport à la nature est une des tragédies de notre temps. Hermétiquement technologisés, ils sont, dans nos villes et nos banlieues, immensément éloignés du monde naturel. Et pourtant, dans les banlieues messines réputées difficiles, comme Les Hauts-de-Blémonts, les petits, quoique pourvus d'un vocabulaire pauvre, sont enthousiasmés par l'expérience de leur jardinet. Et si par malheur des vandales l'ont saccagé, alors ils pleurent comme fait aussi la marionnette de Petit Jean, laquelle voudrait bien grandir comme les enfants et comme les plantes, mais n'y parvient pas.

Après la troisième et dernière séance, les enfants sont désolés de savoir que Petit Jean, Grand-Père et les biossons ne viendront plus leur rendre visite. Mais Catherine, l'ardente animatrice du programme, leur explique que ceux-ci iront en d'autres écoles, dans d'autres classes, ailleurs, à Metz, Nancy et autres communes. Les petits se réjouissent que leurs camarades puissent bénéficier du même spectacle. À Metz, ils savent aussi que le responsable des espaces verts, le bon M. Duda, qui prend le visage du grand-père, les emmènera visiter le jardin botanique en fin d'année et leur fera partager son amour des plantes en leur racontant mille belles histoires, comme le fit jadis mon propre aïeul.

Metz et l'Institut européen d'écologie, puis les départements de la Moselle et de Meurthe-et-Moselle se sont fortement mobilisés en faveur de ces projets « symbiotiques ». Nous avons tenu à aller par trois fois dans chaque maternelle, dans l'espoir que les marionnettes resteront présentes dans la mémoire de nos tout-petits en sorte que, pour eux, la vie soit comme un jardin, un jardin merveilleux, celui de l'âme.

À Rodemack, mon village natal sur la frontière luxembourgeoise, j'ai cédé à la commune le verger de ma mère pour y créer une maternelle. Mais à condition que l'on y conserve les arbres : pruniers, mirabelliers, pommiers. Ce qui fut fait, malgré les réserves d'un inspecteur qui s'inquiétait de ce qu'il adviendrait si, d'aventure, une pomme venait à tomber sur la tête d'un enfant. Je gageai qu'elle tomberait plutôt à côté, suscitant chez lui une étincelle de génie comme celle, fameuse, qui tomba devant Newton et lui inspira le principe de la gravitation universelle.

TROISIÈME PARTIE

Gérer sobrement l'énergie

11

Le facteur 4
ou la sobriété énergétique

Pour un Français, le RMI évoque le revenu minimum d'insertion. Pour un Américain, le Rocky Mountain Institute.

Nous sommes dans les montagnes Rocheuses, à l'ouest du Colorado, à 2 200 mètres d'altitude, au siège du RMI. C'est ici qu'Amory Lovins exerce ses talents. Il fut l'un des tout premiers à prévoir que les énergies renouvelables finiraient par supplanter les énergies fossiles et le nucléaire. Il en veut pour preuve le propre siège de son institut, une maison écologique qui, plus de vingt-cinq années après sa construction, reste l'un des meilleurs bâtiments « verts », sans doute aussi l'un des plus visités au monde. Des équipes de télévision s'y relaient d'ailleurs en permanence.

Le climat est rude dans ces montagnes du Colorado où la température peut tomber à − 40 °C ; et pourtant des serres exclusivement chauffées par rayonnement solaire y produisent toute l'année des bananes, des avocats, des raisins, des papayes et des oranges, alors qu'à l'extérieur sévit la tempête de neige. La chaleur est piégée par des « superfenêtres » qui laissent passer la moitié de l'énergie solaire reçue, mais ne restituent pratiquement aucune chaleur à l'extérieur. L'isolement thermique est particulièrement soigné. Les murs de pierre épais et les toits sont isolés par de la mousse synthétique. Les dépenses supplémentaires entraînées par ces installations ont été rapidement compensées par les économies réalisées en supprimant chaudières et conduits de chauffage. L'énergie nécessaire pour chauffer l'eau et produire de l'électricité est fournie par des capteurs solaires, tandis que les lampes très efficaces sont d'une sobriété énergétique exemplaire ; il en va de même des appareils ménagers. Il ne fallut pas plus de dix mois pour amortir les surcoûts liés à ces investissements performants.

Amory Lovins vante les conditions de travail dans sa maison : pas de champs électromagnétiques, pas de bruit, une humidité relative plus élevée que dans les bureaux modernes, trop chauds et trop secs. Et toujours le chant de la cascade. Dans la serre, une jungle ouverte et visible de partout. Pourtant le propriétaire des lieux ne manque jamais de souligner que s'il devait recommencer sa maison aujourd'hui, il ferait sans doute beaucoup mieux.

Amory Lovins est donc un expert en gestion énergétique. Il est à l'origine d'une petite révolution dans le marché de l'électricité en Californie. Le raisonnement est simple : moins on consomme d'électricité, moins lourds sont les investissements requis par une augmentation continue des besoins des consommateurs. Ainsi réussit-il à persuader les compagnies d'électricité qu'il y va de leur intérêt d'inviter leurs clients à consommer de moins en moins ; une sorte de défi à l'idée selon laquelle la consommation énergétique croît de manière linéaire, en raison d'une demande qui ne cesse d'augmenter, poussée par l'expansion démographique et la croissance économique. Bref, plutôt que de chercher à produire et à consommer de plus en plus de mégawatts, on s'orientera vers un nouveau concept, celui de « négawatts ». Les négawatts, ce sont les mégawatts qu'on ne produit pas parce qu'on n'en a pas besoin ! C'est l'énergie la moins chère et la moins polluante, celle qu'on ne produit pas et qu'on ne consomme pas. D'un côté, les clients avaient intérêt, grâce aux progrès réalisés en matière d'économies d'énergie, à consommer le moins possible et à voir ainsi leur facture d'électricité s'amenuiser ; de l'autre, les compagnies réalisaient néanmoins de substantiels bénéfices en évitant les lourds endettements générés par leurs investissements en nouvelles centrales. C'est ainsi que la Pacific Gaz Electric Company (PGE), la plus grande compagnie d'électricité privée des États-Unis, prévoyait en 1980 de construire entre 10 et 20 centrales nouvelles, y compris nucléaires, tout au long de la côte du Pacifique. Mais, en 1992, les politiques d'économies d'énergie ayant porté leurs fruits, la compagnie ne prévoyait plus d'en construire une seule. En 1993, elle ferma même son département de construction. En cas de besoins imprévus, elle pourrait toujours recourir à des centrales moins chères, au gaz naturel, mais elle excluait tout recours aux centrales au charbon ou aux centrales nucléaires en raison de leurs coûts élevés et des nuisances qu'elles produisent[1]. EDF s'inspirera-t-elle de ce modèle ? Eu égard aux coûts d'une centrale nucléaire qui reste, pour le premier producteur français d'électricité, la référence incontournable, on conçoit que de substantielles économies d'énergie ne manqueraient pas d'alléger sa dette.

Pourtant, le modèle énergétique dominant est fondé sur un dogme réputé intangible : comme les besoins ne cesseront d'augmenter, il faut produire toujours plus. Celui-ci étant inspiré du dogme de la croissance infinie, la notion même de limite physique ne saurait être évoquée. C'est le fameux « toujours plus » cher à nos hommes politiques et aux économistes qui les inspirent. D'où cette déclaration de Frédéric Lemoine, président du conseil de surveillance d'Areva, le fleuron de l'industrie nucléaire française : « Nous nous appuyons sur une croissance profonde, durable, qui réclame parallèlement de lourds investissements[2]. » Propos constamment relayés par le P-DG d'EDF et jamais démentis par les politiques.

Pour tenter de faire évoluer les choses, d'éminents spécialistes de l'énergie se sont regroupés en association et ont élaboré un scénario alternatif au scénario tendanciel : le « scénario négawatt ».

Le scénario tendanciel n'est autre que le scénario catastrophe. Il se contente de prolonger les tendances observées au cours des trente dernières années. La pro-

---

1. Les sceptiques allégueront que les pannes sont fréquentes en Californie. Mais celles-ci sont dues à la mauvaise interconnexion des réseaux d'un État à l'autre, dans un maillage électrique beaucoup moins centralisé qu'en France.
2. *Le Figaro*, 30 juin 2006.

gression, en ce qui concerne aussi bien l'électricité que l'énergie utilisée pour les transports, augmente de manière linéaire et double à l'échelle de la France à l'horizon 2050. Ce qui correspondrait à deux fois plus de pétrole, alors même que ses réserves seront épuisées, et à deux fois plus de centrales nucléaires.

Le scénario négawatt inverse ces courbes. Le principe de ce scénario alternatif repose sur trois idées : une plus grande sobriété dans les comportements des consommateurs ; une plus grande efficacité dans les usages de l'énergie ; un recours accru aux énergies renouvelables. En jouant sur ces trois tableaux, il est possible de stabiliser en 2050 notre consommation d'énergie à 50 % de sa valeur actuelle. Le scénario tendanciel, c'est deux fois plus. Le scénario négawatt, c'est deux fois moins. D'où une diminution d'un facteur 4, précisément le titre de l'ouvrage récent du Club de Rome[1] qui prend en considération non seulement les ressources énergétiques, mais aussi, en l'occurrence, les matières premières. L'objectif est d'assurer aux humains un niveau de vie correct sans épuiser les ressources de la planète ; bref, de réussir le développement durable. Pour atteindre cet objectif, il faut multiplier au moins par quatre la productivité énergétique. Les technologies pour aboutir à ce résultat existent, mais les lobbies existent aussi et freinent une évolution qui paraît pourtant inéluctable.

Augmenter la productivité des ressources énergétiques et des ressources en matières premières, c'est optimiser leurs usages. C'est, par exemple, tenir

---

1. *Facteur 4 : un rapport au Club de Rome*, Terre vivante, 2002.

davantage compte de l'orientation et donc de l'enso-
leillement dans la construction d'une maison, ce qui
peut réduire de 15 à 30 % les besoins en chauffage.
Un isolement thermique performant augmentera
encore ces performances. De même, remplacer une
ampoule classique de cent watts par une ampoule
basse consommation revient à utiliser cinq fois moins
d'énergie pour obtenir le même niveau d'éclairage :
autant de négawatts gagnés. Dans les centrales thermiques, qu'elles fonctionnent au nucléaire ou aux
énergies fossiles, on cessera de perdre 60 % de la chaleur sous forme d'eau chaude rejetée dans l'air par ces
panaches de vapeur qui émanent des tours de réfrigéra-
tion, ou dans la mer et les rivières qu'elle réchauffe
au risque de perturber leur équilibre écologique. Un
risque fortement accru par l'évolution climatique
qui voit déjà augmenter la température de l'eau ; la
réchauffer davantage encore en renvoyant l'eau chaude
des centrales dans les rivières pose problème et risque
d'obérer les projets de centrales nucléaires, désormais menacées par la multiplication des canicules. Le
scénario négawatt vise à récupérer cette chaleur
fâcheusement rejetée dans l'eau ou dans l'air, en la
destinant au chauffage des immeubles. C'est le principe de cogénération.

Il faudra aussi repenser la coûteuse stratégie du
chauffage électrique. Produire de l'électricité dans le
système actuel consiste à ne récupérer que 40 % de
l'énergie primaire, nucléaire ou fossile, utilisée à cette
fin. Mais retransformer cette électricité en chaleur
– une forme dégradée de l'énergie, selon les thermo-
dynamiciens – aggrave encore les pertes et abaisse

d'autant le bilan de l'énergie utilisable par rapport à l'énergie primaire mise en œuvre. La généralisation du chauffage électrique, acceptable seulement dans des cas particuliers, est donc à proscrire.

Dans le bâtiment, les économies prévues par les auteurs du scénario négawatt sont substantielles. Alors que la consommation est aujourd'hui de l'ordre de 120 kW par m^2, la réduction de la consommation moyenne sur l'ensemble du parc résidentiel et tertiaire devrait tomber à 50 kW par m^2 à l'horizon 2050, soit une économie de 60 %.

L'objectif final du programme négawatt à l'horizon 2050 vise à ce que sur 10 kW de besoins énergétiques prévisionnels, près de 7 soient « produits » par des négawatts (c'est-à-dire disparaissent), les 3 autres étant effectivement fournis à raison de 2 par les énergies renouvelables. La production d'électricité sera ainsi assurée à plus de 80 % par une combinaison d'énergies renouvelables (solaire, éolienne, hydraulique, cogénération, biomasse), le reste par le gaz naturel. L'impact de ce scénario sur les dégagements de gaz à effet de serre sera considérable. Ceux-ci tomberont à 2 tonnes de gaz carbonique par personne, contre 6 à 7 actuellement, soit une réduction de 67 %.

Des études ont donné ailleurs des résultats similaires : en Allemagne, en 2050, – 80 % sur les émissions de gaz carbonique ; en 2050, pour la Suisse, – 60 % ; en 2030, pour les Pays-Bas, – 80 % ; en 2050, pour le Royaume-Uni, – 60 %. On peut donc, si on le décide, diminuer drastiquement les dégagements de gaz à effet de serre et réduire d'autant le réchauffement climatique. Les voitures circuleront toujours, mais pour celles qui continueront à fonctionner aux dérivés du pétrole, elles seront devenues sobres : 4,1 litres aux 100 km en moyenne, contre 7,6 litres en 2000. Pour atteindre ces résultats, le scénario négawatt avance vingt-trois propositions soigneusement chiffrées afin d'asseoir ce projet sur des bases indiscutables.

La démarche négawatt décline tous les facteurs de sobriété énergétique à tous les niveaux de notre organisation sociale, ainsi que dans nos comportements individuels, pour supprimer les gaspillages absurdes et coûteux. Elle prône l'efficacité énergétique dans nos bâtiments, nos moyens de transport, nos équipements, afin de réduire les pertes et d'utiliser plus sobrement et plus judicieusement l'énergie. Elle pose une question simple : « Comment mieux consommer l'énergie avant de décider comment en produire plus ? » En somme, le facteur 4 propose de licencier les kilowatts et les tonnes de matières premières plutôt que les salariés.

Mais une autre question se pose : comment préparer l'après-pétrole ? Amory Lovins y a songé, lui dont le charisme et la créativité s'exercent en de nombreux domaines. Entouré d'une équipe d'experts, il a fabriqué un nouveau prototype automobile : une voiture légère en fibres de carbone, aussi résistante aux chocs que l'acier, et surtout non polluante, puisqu'elle fonctionne à l'hydrogène et n'émet que de la vapeur d'eau. Ce prototype préfigure les voitures de demain. Certes, il faut encore réussir à mettre au point des modes de fabrication et de stockage de l'hydrogène sûrs et efficaces. De nombreux et coûteux programmes de recherche sont développés en ce sens, aussi bien aux

États-Unis qu'en Europe, au Danemark en particulier. La légèreté de cette voiture, baptisée « Libercar », est un autre atout quand on sait qu'aujourd'hui 95 % de l'énergie utilisée sert à déplacer le véhicule et 5 % seulement les passagers.

Les réflexions d'Amory Lovins en matière de sobriété énergétique s'étendent aux domaines les plus divers, des voitures aux engins ménagers et du chauffage à l'éclairage.

Mais qu'en est-il de l'énergie nucléaire dont on pressent qu'elle est sur le point de sortir du bois, forte de deux atouts maîtres : le pétrole devient rare et cher ; le nucléaire ne dégage pas de gaz à effet de serre et ne réchauffe pas le climat ?

Pas étonnant, dès lors, que le lobby nucléaire se sente pousser des ailes. Et pourtant, selon les scénarios les plus nucléophiles, le nucléaire ne pourrait en aucune manière dépasser 8 % de la production primaire d'énergie dans le monde à l'horizon 2050. D'ailleurs, le scénario négawatt français l'exclut totalement, rejoignant ainsi la stratégie actuellement développée par l'Allemagne. Dans ce même scénario, le recours au pétrole diminue de plus de moitié en 2030, tandis que le recours au gaz s'infléchit également dès l'horizon 2050. D'où ce constat, en contradiction avec les affirmations de tous les courants politiques, Verts exclus : la France peut, elle aussi, sortir du nucléaire.

Lorsque se développpa, au cours des années 1970-80, l'ambitieux programme nucléaire français fondé sur le fameux slogan du « tout nucléaire », la contestation fut forte. Dans un pays moins centralisé et moins « lobbyisé » que le nôtre, elle aurait sans doute freiné les investissements nucléaires. On argumentait alors sur la question des déchets et celle des problèmes de sécurité. Et d'évoquer les risques d'un accident nucléaire majeur, sans imaginer qu'un tel accident se produirait quelques années plus tard, en 1986, avec l'explosion d'un réacteur de la centrale de Tchernobyl. Cet accident, le plus grave accident technologique de l'histoire, entraîna des pertes humaines directes et indirectes qu'il est aujourd'hui encore impossible de chiffrer, mais qui se montent sans doute à des dizaines de milliers de victimes, sans compter les préjudices causés à la santé des populations contaminées sur de vastes territoires, et les cancers encore à venir.

À ces deux préoccupations, qui firent l'objet à l'époque de vifs débats[1], s'en ajoute désormais une troisième : les risques liés au terrorisme. La polémique concernant la vulnérabilité de la centrale de troisième génération, prochainement implantée à Flamanville, au choc d'un gros avion qui la viserait, a réactivé le débat. Les médias ont été discrets sur l'inquiétude du gouvernement de Lionel Jospin après les attentats du 11 septembre 2001. Qu'adviendrait-il au cas où un avion de ligne détourné s'abattait sur un réacteur nucléaire ? Ce dernier résisterait-il grâce aux deux enceintes de béton censées le protéger ? Mais *quid* alors des piscines où sont stockés les déchets radio-

---

1. La montée en puissance de Greenpeace, comme ses interventions médiatiques musclées, mais toujours non violentes, conformément à son éthique, datent de cette époque. Greenpeace a joué et joue toujours un rôle majeur dans la mobilisation antinucléaire et dans tous les domaines concernés par l'écologie où son expertise est reconnue, notamment en matière d'OGM.

actifs et qui ne bénéficient pas de cette protection ? Ordre fut donc donné aux préfets des « zones de défense [1] » d'abattre, sans même en référer à Paris, tant les délais seraient courts, tout avion pénétrant indûment dans l'espace aérien interdit autour des centrales françaises.

Or le risque terroriste demeure, sans même évoquer les trafics de matières fissiles aux mains des mafias, qui offrent la possibilité de fabriquer avec de faibles moyens ces fameuses « bombes sales », capables d'irradier de vastes couches de population.

Pour toutes ces raisons, la sortie du nucléaire devrait s'imposer dès lors qu'il est possible de « joindre les deux bouts » avec les seules économies d'énergie, les énergies renouvelables et le gaz. Car comment justifier le développement du nucléaire dans un monde chaque jour plus dangereux, où les tensions internationales ne cessent de s'aviver et où les conflits menaçants en font un enjeu majeur dans un éventuel et désastreux « choc des civilisations » ?

---

1. La France comporte sept zones de défense placées sous l'autorité des préfets de Paris, Lille, Metz, Lyon, Marseille, Bordeaux et Rennes. Trois d'entre elles (Paris, Bordeaux et Rennes) correspondent aux régions militaires Terre. Les régions militaires de Metz et de Lyon couvrent chacune deux zones de défense (Metz et Lille, Lyon et Marseille). Sur le plan national, le commandement des forces aériennes est basé à Metz.

12

Chalon-sur-Saône protège le climat

Vu les efforts de communication mis en œuvre, il n'est pas aisé de déceler le réel degré de motivation qui sous-tend les déclarations d'intention émanant des collectivités qui s'engagent dans le développement durable. Ce concept est en effet des plus élastiques. D'aucuns en parlent beaucoup mais y mettent peu : juste un peu de peinture verte sur des modes de gestion en réalité fort conventionnels. D'autres s'impliquent à fond, et, parmi eux, Chalon-sur-Saône a retenu notre attention.

Chalon a lancé un véritable défi pour la maîtrise de l'effet de serre. L'objectif est ambitieux : « Grâce à des mesures appropriées, montrer qu'il est possible, en trois ans, de réduire les émissions de gaz à effet de serre au moins autant que le prévoient les engagements internationaux [de Kyoto] sur une période de dix ans. » C'est le programme « Privilèges » (« Projet d'initiative des villes pour la réduction des gaz à effet de serre »), mené en partenariat avec l'Union européenne, l'Agence de l'environnement et de la maîtrise de l'énergie (ADEME) et le WWF France. Le caractère innovant d'un tel partenariat mérite d'être souligné, car il est rare de voir collaborer aussi étroitement l'Union européenne, une ville et une grande ONG internationale. Le programme « Privilèges » s'inscrit parmi les projets Life Environment proposés par la Commission européenne dans le cadre de la lutte contre les changements climatiques. Il visait une action déclinée sur trois ans, de 2002 à 2005, et devait avoir un effet incitatif et pédagogique entraînant à sa suite d'autres collectivités et d'autres entreprises par son exemplarité.

Ce programme ambitieux se décline en quatre rubriques.

La ville se veut d'abord « aménageuse du territoire ». Elle crée un quartier de 180 logements HQE (« haute qualité environnementale ») sur 5 hectares avec 6 000 mètres carrés de jardins, et étend ses aménagements destinés aux deux-roues pour aboutir à 34 kilomètres de pistes cyclables.

Chalon entend aussi maîtriser sa production et sa distribution d'énergie. Elle favorise la cogénération au gaz naturel et le recours au bois, et dresse un bilan précis des quantités de gaz à effet de serre épargnées grâce à ces stratégies énergétiques économes. Car c'est dans ce domaine de la consommation d'énergie que s'exprime clairement la volonté politique de Chalon. Une attention particulière est apportée aux consommations dans le domaine du bâtiment, où de multiples actions sont menées, tandis que la réduction des dégagements de gaz à effet de serre est mesurée sur la base des consommations réelles de fluides dans l'ensemble du patrimoine bâti. Les résultats sont pro-

bants : entre 2002 et 2004, une réduction de 10,9 %
des dégagements de gaz à effet de serre a été atteinte.

La stratégie de la ville vise aussi à économiser
l'électricité. C'est ainsi qu'un nouveau système de
déclenchement de l'éclairage public a permis d'économiser chaque année 840 000 kW, soit 64 000 euros.
Ces réductions de consommation dans l'éclairage
public ne se soldent nullement par une diminution de
l'éclairage, mais plutôt par l'augmentation de son rendement et par son amélioration au sol afin de limiter
la pollution lumineuse.

La ville s'est aussi équipée de voitures et de
camions fonctionnant au GPL, et ce après une étude
comparative de tous les systèmes de motorisation disponibles.

Enfin, Chalon se veut incitatrice en soutenant l'effort de ses habitants pour amplifier le recours aux
énergies renouvelables, en particulier l'énergie solaire,
par l'affectation d'une prime municipale à la pose de
panneaux.

La population a été invitée à se mobiliser. Ainsi,
pour sensibiliser les jeunes au phénomène du réchauffement climatique, la ville s'appuie sur la mallette
pédagogique *Un degré de plus* du WWF. Elle a aussi
ouvert une maison de l'Environnement qui présente
des expositions sur les thèmes environnementaux, en
particulier sur la maîtrise des dégagements de gaz à
effet de serre.

La mise en œuvre de ce type de programme exige
une transversalité dans la gestion des services municipaux et un fort décloisonnement, supposant lui-même
une véritable révolution culturelle : c'est le fameux

« penser global » nécessaire à l'« action locale », l'un des maîtres mots de l'écologie. Le développement durable exige en effet un nouveau type de gouvernance. Il devient la référence centrale, nourrissant les débats préalables à toute prise de décision dans les nombreux domaines concernés. Il exige de ce fait une authentique volonté politique déclinée sur le terrain par chacun des acteurs et des citoyens de la cité. On vise désormais un objectif clair qui donne cohérence et consistance au projet urbain. Les décisions sont prises en fonction de cet objectif. C'est le contraire de ces politiques sans vision globale trop souvent pratiquées, où les décisions sont prises au cas par cas, sans vue à long terme. Ici, au contraire, tous se mobilisent sur un projet constructeur d'avenir, offrant à chacun des références et des repères destinés à garantir à nos enfants de meilleures perspectives, celles que tous les parents espèrent pour eux.

Pourquoi avoir retenu Chalon plutôt que tant d'autres villes mobilisées dans la même direction ? Sans doute parce que les documents produits par la ville ne se limitent pas à des déclarations d'intention, voire à la présentation d'un programme détaillé et souvent pertinent comme, par exemple, ceux d'Angers, de Dunkerque, de Besançon ou de Lorient, qui a fait de remarquables efforts en matière de gestion de l'eau. Chalon s'efforce de quantifier les fruits de ses efforts en proposant des valeurs chiffrées pour les réductions de consommation d'énergie et les émissions de gaz à effet de serre. Il ne s'agit pas là de simples estimations, mais de résultats déjà obtenus. En fait, Chalon est partie tôt, dès 1991, et a creusé l'écart grâce au dynamisme de son maire, Michel Allex, et de son adjoint à l'environnement, Gilles Manière.

Certes, la mise en place de tels programmes se heurte à des difficultés spécifiques, ne serait-ce que la nature des équipements déjà existants et qu'il est impossible de déprogrammer. Ainsi pour le passage à l'utilisation du bois comme source d'énergie, qui suppose une modification des équipements (chaudières et systèmes de chauffe). Pourtant cette reconversion devrait constituer une priorité dans l'ensemble des collectivités, ainsi d'ailleurs que dans les chaudières privées ; car cette ressource est renouvelable et génère peu de gaz à effet de serre. De fait, le gaz carbonique produit par la combustion du bois est recyclé, après son passage dans l'atmosphère, par le mécanisme de la photosynthèse qui le stocke à nouveau dans la matière végétale. S'instaure ainsi un cycle vertueux bien différent de la mise en atmosphère cumulative du gaz carbonique issu des combustibles fossiles. A-t-on songé qu'en moins de deux siècles l'homme aura fait passer dans l'atmosphère tout le carbone stocké sous forme de pétrole dans le ventre de la Terre durant des millions d'années ? Il n'y a donc pas lieu de s'étonner que la composition chimique de l'atmosphère ait changé au point d'entraîner une modification profonde et dès à présent irréversible du climat.

C'est dans cette même aire géographique du Grand Est, en France et en Allemagne, qu'a opéré le groupe Foncière des régions, dont le siège se trouve à Metz. Ce groupe immobilier a repensé sa stratégie en fonction du développement durable dans une étroite synergie avec les associations œuvrant en ce sens. Nombre

de ses bâtiments bénéficient d'un choix judicieux en
ce qui concerne les matériaux de construction et sont,
à ce titre, labellisés ICPE (Institution classée pour la
protection de l'environnement). Le souci de la qualité
est poussé très loin : plus de PCB – isolant hautement
suspect et toxique – dans les transformateurs, système
de refroidissement par voie sèche pour éliminer les
risques de légionellose... Pourrait-on imaginer une
ville écologique sans une forte mobilisation de ceux
qui la construisent ?

Plusieurs pays classent leurs villes en fonction de
critères écologiques. Au palmarès des « villes écolos »
figure en Italie la ville lombarde de Lecco. En effet,
le rapport *Écosystème urbain 2005*, publié par l'association environnementale italienne Legambiente, a
décerné la palme à cette cité du Nord en raison de son
bilan positif en matière de qualité de l'air, de l'eau, de
trafic urbain, de zones vertes et de gestion des déchets.
À l'inverse, les villes du Mezzogiorno se classent pour
la plupart en fin de tableau, avec un bonnet d'âne attri-
bué à Reggio de Calabre, particulièrement mal notée
en ce qui concerne l'eau, les déchets et les transports.

Existe-t-il en France un tel gradient nord-sud ? Si
tel était le cas, la ville de Narbonne, très engagée dans
le développement durable, le démentirait.

13

Fribourg, capitale écologique de l'Europe

Il n'est nul besoin de laborieuses spéculations pour décerner la palme de la ville la plus écologique d'Europe. Fribourg, en Allemagne, s'impose à l'évidence, comme l'atteste le flux de ses visiteurs, élus et urbanistes soucieux d'imaginer la ville du futur.

Au départ, en 1976, le projet de construction d'une centrale nucléaire à Whyl, petit village entouré de vignes, à une vingtaine de kilomètres de Fribourg. À l'époque, de l'autre côté du Rhin, la France entamait son programme nucléaire à Fessenheim. Du coup, en Alsace comme en Bade-Wurtemberg, régions où l'attachement au terroir est fort et où l'irruption dans des paysages d'une grande douceur d'installations nucléaires est vivement contestée, la mobilisation monte en puissance. De part et d'autre du Rhin, les populations s'engagent dans de vigoureuses actions contestataires, menées en Alsace par la très emblématique et regrettée leader écologiste Solange Fernex. Mais l'issue de cette levée de boucliers n'est pas la même de part et d'autre du fleuve. En France, le lobby nucléaire est tout-puissant : EDF, le Commissariat à l'énergie atomique (CEA) et l'industriel Framatome avancent main dans la main, dopés par le pouvoir politique dans un pays qui vient de se doter, vingt ans plus tôt, d'une force de frappe atomique. On construisit deux réacteurs à Fessenheim, mais on dut renoncer à en construire deux autres, vu la force de la contestation. Il fallut se résoudre à l'évidence : l'opposition des Alsaciens était si farouche que l'on décida de se rabattre sur la Lorraine, considérée comme plus accommodante. L'on y édifia les quatre mégaréacteurs de la puissante centrale nucléaire de Cattenom, à la frontière luxembourgeoise. À l'autre extrémité de l'Hexagone, François Mitterrand, à peine élu, annonça l'abandon du projet de construction de la centrale de Plogoff, projet vigoureusement contesté par les Bretons. Seules, donc, l'Alsace et la Bretagne, les deux épicentres de la contestation écologique, sans doute les provinces les plus écologistes de France, parvinrent à faire reculer le pouvoir.

À Fribourg, de l'autre côté du Rhin, la contestation eut tôt fait d'aboutir à l'abandon du projet de Whyl, et les écologistes proposèrent aussitôt des alternatives. Fribourg devint bien vite la ville phare des *Grünen*, les Verts allemands. En mai 2002, le maire social-démocrate, engagé avec eux dans une politique environnementale très volontariste, cède la place au candidat des Verts, Dieter Salomon, élu avec 64,4 % des voix au second tour. Les maîtres mots sont désormais économies d'énergie, recours aux énergies renouvelables, notamment le solaire, cogénération, c'est-à-dire réemploi de l'eau chaude destinée au refroidissement des centrales. L'objectif est ambitieux : diminuer de

25 % les émissions de gaz à effet de serre en 2010 par rapport à 1990. Un objectif beaucoup plus audacieux que les préconisations du protocole de Kyoto.

Aujourd'hui, Fribourg, ville de 210 000 habitants, est devenue une sorte de laboratoire du futur entre Rhin et Forêt-Noire. Dès l'arrivée en gare, le voyageur est plongé dans l'ambiance fribourgeoise : les deux tours solaires de la gare sont revêtues de modules photovoltaïques spécialement conçus pour leurs façades. Ces tours de couleur bleue de 60 mètres de haut produisent de l'électricité « verte ». Car Fribourg s'est abonnée au solaire, mobilisant sur cet objectif ses instituts de recherches, ses industries, ses architectes, ses artisans. Pour l'instant, l'électricité ainsi produite est plus chère, et pourtant 10 % de la population accepte de payer un léger surcoût pour consommer cette électricité « verte ». Le goût du solaire est inculqué très tôt aux enfants, la municipalité incitant les écoles à aménager des panneaux solaires sur leur toit. Le distributeur local d'électricité, la société Badenova, dont le capital est contrôlé par la ville, est fortement engagé dans cette voie. Il offre une prime aux habitants qui installent des panneaux photovoltaïques, et leur rachète le courant à un tarif plus élevé que celui pratiqué en France dans des situations identiques. À l'échelle de la région, de l'électricité « verte » est aussi produite à partir de centrales au bois, de barrages hydrauliques et d'éoliennes.

Car Fribourg n'a pas oublié les éoliennes : 6 grosses machines de 133 mètres de haut représentent une puissance installée de 12 mégawatts. Au total, ce n'est pas moins de 16 000 éoliennes qui tournent aujourd'hui en Allemagne, largement financées par les citoyens consommateurs qui désirent avoir un accès direct à leur source d'électricité. Leur production équivaut à celle de 10 réacteurs nucléaires.

À Fribourg, la part de l'électricité issue des énergies renouvelables augmente régulièrement. Pour doper ces programmes, la municipalité compte sur l'engagement citoyen : les habitants peuvent participer au réseau d'électricité « verte » en tant qu'actionnaires. C'est ainsi que la mise en place de panneaux solaires sur le toit des tribunes du stade de football a suscité un vif intérêt. On conçoit que le plus grand institut de recherches solaires d'Europe, l'institut Fraunhofer, soit implanté à Fribourg.

À peine débarqué du train, le visiteur se retrouve dans une ambiance qui évoque les villes flamandes, danoises ou hollandaises. Partout le vélo est roi : le réseau de pistes cyclables dépasse les 500 kilomètres, alors qu'il n'atteint pas les 100 kilomètres dans la plupart de nos villes. Les habitants de Fribourg se plaisent à souligner que pour deux habitants on ne dénombre pas moins de trois bicyclettes. Tout près de la gare, voici la maison du Vélo, inaugurée en 1999 : un bâtiment rond en bois, avec éclairage solaire et toit végétalisé. Dans cette sorte de Roissy de la bicyclette, on trouve un parking pour les voitures d'une entreprise de *carsharing* (entendez « auto-partage »). Ces voitures sont mises à la disposition des habitants vingt-quatre heures sur vingt-quatre, dans tous les quartiers, avec une accessibilité plus facile et plus rapide que les traditionnels systèmes de location. Au premier étage de la maison du Vélo, un garage gardé nuit et jour,

d'une capacité de mille bicyclettes, et au deuxième
étage les services offerts aux cyclistes : réparations,
pièces de rechange, location d'équipements comme
sièges pour enfants ou remorques, agence de voyages
spécialisée dans les excursions à deux-roues, etc. Ce
parking à vélos est très bon marché et permet l'accès
direct des habitants au train, au bus et au tram. Bref,
à Fribourg, le vélo a fini par supplanter la voiture.
Mais la municipalité a tout fait pour cela : la quasi-
totalité des quartiers est en zone « 30 kilomètres » à
l'heure, les places de stationnement ont été réduites,
les tarifs des parkings automobiles augmentés. Alors
que les déplacements urbains ont crû de 30 % en trente
ans, la part de la voiture est tombée de 60 à 37 %.

Pour favoriser les transports en commun, une carte
a été créée dès 1991. Moyennant le paiement d'un for-
fait, elle donne un accès illimité à l'ensemble des
transports publics de la ville et des environs. Cette
efficacité des transports publics est liée au système de
parkings qui facilite l'accès d'un mode de transport à
un autre, des voitures ou des vélos vers les bus.

Certains quartiers sont entièrement réservés aux piétons et aux cyclistes : ainsi du quartier Vauban, sis à
l'emplacement d'une ancienne caserne jadis occupée
par les forces françaises en Allemagne. Il couvre
40 hectares et 5 000 habitants y résident. À 3 kilomètres du centre, Vauban représente la plus impressionnante concentration d'innovations urbanistiques et
environnementales de la ville. Les voitures ne peuvent
y circuler qu'occasionnellement et le stationnement y
est interdit. Deux parkings périphériques desservent ce
quartier relié au centre-ville par quatre lignes de bus

et bientôt un tramway. Les maisons solaires ont des terrasses végétalisées qui les refroidissent en été, car en transpirant les plantes dégagent de la fraîcheur. En hiver, au contraire, elles forment un tapis isolant. L'eau de pluie destinée aux toilettes est récupérée. Interdites au stationnement, les rues aboutissent directement au cœur de jardins collectifs harmonieux et soigneusement entretenus autour des constructions qui marient le bois et le solaire. Et si le solaire fournit l'électricité, les chaudières à bois alimentées par les résidus des forêts avoisinantes assurent un chauffage à bon marché, sans contribuer à l'aggravation de l'effet de serre. Bref, nous sommes ici dans un temple de l'écoconstruction.

Mieux encore : certaines maisons produisent, grâce à leurs capteurs photovoltaïques, plus d'énergie qu'elles n'en consomment. Ces maisons fournissent entre 4 000 et 5 000 kW/h par an pour une consommation électrique effective de 3 000 kW/h en moyenne. Le reste est renvoyé sur le réseau. Certes, leur prix est élevé, mais l'amortissement des investissements permet une rentabilisation à terme de ces logis « ultrasolaires ». Pas étonnant que, lors des dernières municipales, 90 % des habitants de ce quartier aient voté pour les *Grünen*. Car à Vauban, tout est à l'avenant : la participation des citoyens, ou plutôt des écocitoyens, se fait dans la convivialité, comme en témoigne un magasin bio autogéré et la construction d'un four à *Flammeküche* collectif.

En matière de traitement des déchets, même mobilisation : tri et recyclage sont pratiqués à grande échelle. Le Fribourgeois vit sans stress et sans pollution grâce à l'apprivoisement du soleil et à l'usage de la bicyclette. Il fait ainsi de sérieuses économies de fioul, surtout lorsque, dans sa maison, il a recours aux trois formes d'énergie solaire : le photovoltaïque pour l'électricité, le thermique pour le chauffe-eau, les panneaux pour le chauffage. Dès lors, les factures de fioul s'effondrent.

En revanche – c'est le revers de la médaille –, la municipalité dépense beaucoup pour l'attribution des primes visant à stimuler la montée en puissance des énergies renouvelables et des économies d'énergie. On déplore aussi l'envahissement des bus et des tramways par temps de pluie, lorsque les vélos restent à la maison. Heureusement qu'il pleut peu dans le fossé rhénan : de ce côté-ci du Rhin, près de Fribourg, Colmar figure parmi les villes les moins pluvieuses de France... loin en dessous de Nice ! Il est vrai qu'à Nice il pleut fort, mais moins souvent. À Colmar il bruine davantage. Il advient aussi que des cyclistes renversent des piétons, les voitures – leur vitesse est limitée à 30 km/h dans pratiquement toute la ville – étant quant à elles « domestiquées ». Autant de menus inconvénients, histoire de se souvenir que rien jamais n'est parfait.

Sur le plan économique, Fribourg compte 400 entreprises branchées sur l'environnement, totalisant plus de 10 000 emplois et réalisant un chiffre d'affaires annuel de plus de 1 milliard d'euros. On savait le développement durable fortement créateur d'emplois. On le vérifie.

Si vous allez à Fribourg, faites-vous accompagner par mon ami Jürgen Hartwig, urbaniste en charge de bon nombre de ces projets. Vous mesurerez de visu ce qu'une ville fortement motivée, avec la participation active des citoyens et une forte volonté politique de ses élus, peut réaliser. L'effort de la municipalité a développé un très fort sentiment d'appartenance des citoyens à leur ville et leur a insufflé une légitime fierté.

D'autres villes du nord de l'Europe sont elles aussi exemplaires, Oslo et Stockholm se disputant la palme de la capitale la plus écologique du continent. Oslo a été élue en 2003 lauréate du prix des villes durables européennes grâce à son système de transport ultraperformant et à un audacieux programme de réduction de la production de déchets. Quant à Stockholm, autre ville scandinave réputée verte, elle est mondialement reconnue comme la capitale la plus sensible au respect de l'environnement. Mais Fribourg a pris une longueur d'avance : gageons qu'elle saura la garder, dans cette région des trois frontières où son expérience diffuse non seulement vers l'Allemagne, mais aussi vers Bâle et l'Alsace.

14

Le Danemark, champion de l'écologie

M'adressant à un haut fonctionnaire de l'Union européenne en charge de l'environnement, je lui demandai si, comme je le pensais, le Danemark était bien le pays le plus écologique d'Europe. Il me fit cette réponse : « Je ne saurais le dire ; mais ce dont je suis sûr, c'est que les citoyens danois le pensent ; en fait, je le pense aussi. » De fait, la sensibilité écologique est très forte dans ce pays. Sans doute faut-il y voir une conséquence de l'effort pédagogique mené dans les cursus scolaires et universitaires en faveur de l'environnement. Dès 1975, la loi sur l'enseignement de base stipule que celui-ci « doit familiariser les élèves avec la culture danoise, leur faciliter la compréhension d'autres cultures et leur montrer les interactions entre l'homme et la nature ». Or, il y a trente ans, l'écologie venait à peine d'émerger et ne figurait pas, en France, dans les missions de l'Éducation nationale. Au Danemark, dès 1976, l'initiation à l'environnement était introduite dans les cours de biologie. Dix ans plus tard, elle s'installait dans les cours de physique et de chimie, sans oublier le domaine des sciences humaines, qualifié ici d'« études sociales ». Une loi de 1993 stipule que « les missions des services éducatifs en éducation environnementale portent sur une approche scientifique, sociologique et humaniste ». Les connaissances en soi ne suffisent pas : elles doivent s'inscrire dans « un système de valeurs, une éthique, ainsi que dans des considérations sociologiques et surtout dans une perspective d'action ». Ces diverses approches sont en principe mises sur un pied d'égalité, mais elles seront « appliquées en fonction des problèmes concrets ».

On est loin ici du strict concept de transmission des savoirs propre à l'Éducation nationale à la française. Au contraire, ce sont la dimension éthique et le système de valeurs qui sous-tendent les connaissances environnementales. Les enseignants bénéficient, il est vrai, d'une totale liberté dans la manière d'appréhender les problèmes, et il leur est en particulier demandé de ne pas se limiter à une vision « trop étroite » des questions environnementales, en favorisant plutôt l'ouverture d'esprit et en introduisant « certains concepts d'ordre politique » dans leurs cours. Ils jouissent aussi d'une grande liberté dans le choix des méthodes pédagogiques, ce qui leur permet de traiter ces questions de manière « créative ». Dès l'IUFM, les instituteurs sont d'ailleurs préparés à cette manière d'aborder l'écologie. Faut-il rappeler qu'en France il a fallu attendre 2004 pour qu'une circulaire du ministère de l'Éducation nationale instaure une initiation au développement durable dans les écoles de la République ? Au Danemark, en revanche, l'effort éducatif a porté ses fruits. On pense et on agit « écolo », comme dans les pays scandinaves ou en Allemagne, beaucoup plus sensibilisés que la France, qui continue d'être en ce domaine le cancre de l'Union européenne.

Cette sensibilité d'une opinion publique ultramotivée s'exprime d'abord dans le domaine énergétique. Le Danemark fait figure de leader dans le développement de l'énergie éolienne. Les industriels de l'éolien y réalisent un chiffre d'affaires de 3 milliards d'euros, répartis entre six entreprises qui détiennent 40 % du marché mondial. Ici, pas de multinationale de l'éolien ; l'écologie s'accommode mal de ces monstres économiques et privilégie les structures à taille humaine : le contraire du modèle américain avec ses *majors* avides de dollars. Le Danemark joue donc un rôle pivot dans le développement de cette industrie. Avec 15 % de son électricité d'origine éolienne, il fait partie des pays de tête en matière d'énergies renouvelables.

Faut-il rappeler que la France n'exploite que 1 % de son potentiel éolien, pourtant le deuxième d'Europe, si l'on en croit la carte des vents, qui détermine celle des potentialités d'installations d'éoliennes ? Notre pays, il est vrai, produit 78 % de son électricité par le nucléaire, et reste fondamentalement et comme « génétiquement » programmé pour le développement de cette énergie qui le situe au premier rang mondial. Rien de tel au Danemark qui mise au contraire sur une forte innovation en matière d'énergies renouvelables et, en ce qui concerne l'énergie éolienne, sur le développement d'une vraie culture en faveur de la construction d'éoliennes *off shore*, c'est-à-dire en mer. Plusieurs grands parcs éoliens ont ainsi été créés : par exemple le parc *off shore* de Nysted, qui regroupe 72 éoliennes à 10 kilomètres au sud de l'île de Lolland. Avec une production de 165 mégawatts, il couvre les besoins en électricité de 145 000 foyers. On est loin, on le voit, de cette conception, si souvent mise en avant, selon laquelle l'éolien ne serait qu'une énergie d'appoint, totalement marginale. En fait, le plan d'énergie danois élaboré dès 1996 s'est fixé pour objectif l'installation de 4 000 mégawatts *off shore* d'ici 2030, soit l'équivalent de plusieurs réacteurs nucléaires. L'installation en mer permet d'éviter un impact trop fort sur les paysages dans un pays où la densité de population est élevée. Un argument de poids quand on sait la forte opposition de bon nombre d'écologistes français à l'éolien au motif que celui-ci pollue lourdement sites et paysages. Mais que dire alors des pylônes électriques ? Et des antennes pour téléphones portables, installées à la hâte sans l'ombre d'une contestation, du moins à l'origine ?

L'avantage des éoliennes *off shore* est de disposer d'une ressource en vent qui ne les laisse que rarement au repos. Lorsque cela se produit, l'électricité doit être fournie par des sources relais ; une critique souvent avancée à l'encontre de l'énergie éolienne qui, en raison des caprices du vent, ne peut être totalement autonome et doit s'appuyer sur ces sources conventionnelles intervenant en cas de besoin, lorsque le vent ne souffle pas. Ce qui est rare sur les côtes danoises, très exposées. Les parcs d'éoliennes en mer sont plus chers à construire et à exploiter que les projets terrestres, mais sont aussi plus productifs.

L'investissement danois dans l'éolien, grâce notamment à la société Vestas, numéro un mondial employant au Danemark 50 % des 20 000 employés du secteur, dope la production européenne d'électricité issue des énergies renouvelables. Celle-ci doit atteindre 21 % en 2010, comme l'Union européenne s'y est engagée.

L'énergie éolienne ne produit aucun gaz à effet de serre et pratiquement aucune nuisance, quoique l'Académie de médecine ait insisté sur les risques de bruits perceptibles à proximité des installations. Un bruit en vérité très faible en ce qui concerne les plus récentes.

Aujourd'hui, le Danemark caracole en tête de l'éolien avec, on l'a dit, 15 % de son électricité produits par cette voie, contre 6 % produits en Allemagne et 0,5 % seulement au niveau mondial. Cet élan date du second choc pétrolier de 1979, le gouvernement danois ayant décidé alors de subventionner les installations d'éoliennes à hauteur de 30 % afin de réduire la très forte dépendance du pays à l'égard du pétrole. L'ambition est d'atteindre 50 % d'éolien en 2050. Voilà qui positionne le Danemark, avec ses 5,4 millions d'habitants, en tête des pays écologiques de l'Union européenne.

La population danoise est très impliquée dans ce vaste projet « énergico-écologique ». Ainsi, une des grandes centrales éoliennes du pays, le parc de Middelgrunden, a été créée en associant les apports des particuliers organisés en coopérative pour le financement de la moitié du coût du projet. D'ailleurs, bon nombre d'éoliennes sont la propriété de personnes privées, agriculteurs et coopératives. De ce point de vue, le Danemark a su promouvoir une économie proche des citoyens, intégrée dans le tissu local et fortement irriguée par un dense réseau de PME.

Si le Danemark reste le premier pays du monde en matière d'implantations d'éoliennes par rapport à sa population et à sa superficie, il s'est aussi engagé dans la recherche sur les technologies substitutives à l'usage du pétrole, comme les piles à combustible fonctionnant à l'hydrogène. En ce domaine, ce petit pays s'implique en promouvant des projets d'avant-garde aussi innovants qu'audacieux. Les Danois ont inventé une sorte de tablette qui conserve l'hydrogène de façon stable sous forme d'ammoniac, lui-même produit en combinant l'hydrogène à stocker avec de l'azote atmosphérique. L'hydrogène est lui-même produit de façon non polluante à partir de l'électricité des éoliennes par électrolyse de l'eau. Pour utiliser cet hydrogène et bénéficier de sa valeur énergétique, il suffit de décomposer ces tablettes d'ammoniac grâce à un catalyseur. Un réservoir automobile rempli de ces tablettes peut rouler sur 600 kilomètres comme s'il utilisait de l'essence. Ainsi les Danois ont mis à leur actif la création du premier véhicule fonctionnant à l'hydrogène : un camion qui ne pollue pas, puisqu'il ne rejette que de la vapeur d'eau, seule émission des véhicules à hydrogène. Ceux-ci pourraient remplacer à l'horizon d'une ou deux décennies les véhicules consommant des dérivés du pétrole, comme on s'y emploie aussi aux États-Unis. La Chine s'intéresse à ce nouveau mode de traction et suit de près la mise au point par les Danois de ce type de véhicules. Un projet de train à hydrogène est même en cours de développement sur une ligne de 59 kilomètres reliant trois villes danoises : Vemb, Lemvig et Thyboron.

Autre spécialité écologique danoise : l'écologie industrielle. Les entreprises ont appris à coopérer. Ainsi, dans le parc de Kalundborg[1], au sud-ouest de Copenhague, s'exprime la capacité d'entreprises moyennes d'imbriquer leurs activités pour réduire les coûts de production. C'est la fameuse symbiose industrielle de Kalundborg, progressivement mise en place de façon pragmatique depuis trente ans. Une raffinerie de pétrole fournit de l'eau usée destinée à refroidir une centrale électrique, la plus grande du pays. Celle-ci vend en retour de la vapeur à la raffinerie, mais aussi à la municipalité pour son chauffage, ainsi que de l'eau chaude à une ferme d'aquaculture qui élève des turbots. La centrale électrique a aussi mis en place depuis 1990 une installation de désulfurisation de ses combustibles fossiles, afin de préserver la qualité de l'air en lui épargnant les émissions d'anhydride sulfureux, très corrosif pour les poumons. Le soufre ainsi récupéré réagit avec la chaux utilisée par une société suédoise installée sur le site pour produire du plâtre, lui-même destiné à la fabrication de panneaux de construction. Ainsi, cette société suédoise a cessé d'importer du gypse naturel d'Espagne, faisant par là l'économie de coûts de transport élevés.

Le bilan d'une telle symbiose, emblématique du nouveau concept d'écologie industrielle, est impressionnant. Grâce à 19 synergies entre les entreprises du complexe, 45 000 tonnes de pétrole, 150 000 tonnes de charbon et 600 000 mètres cubes d'eau sont écono-

---

1. Se reporter sur ce thème à mon livre *La Terre en héritage*, Fayard, 2000 ; Le Livre de Poche n° 15360.

misés chaque année grâce aux économies de ressources et au traitement des déchets[1].

La symbiose industrielle à la danoise est un modèle dont plusieurs pays se sont inspirés, en particulier la Chine avec le Shanghai Chemical Industrial Park. Dans ces systèmes de symbiose, on ne concevrait pas une centrale ne produisant pas de la chaleur par cogénération, c'est-à-dire en la recyclant dans des systèmes de chauffage urbain ou industriel.

On retrouve les préoccupations écologiques des Danois dans le domaine de l'agriculture et des industries agroalimentaires. N'est-ce pas à un éminent universitaire de ce pays, le professeur Skakkebaek, que revient le mérite d'avoir alerté la communauté scientifique internationale sur les dangers des pesticides en tant que perturbateurs endocriniens féminisant les espèces vivantes, l'homme y compris, et entraînant du coup une infertilité masculine croissante ? Ces pesticides sont aussi susceptibles de provoquer des malformations congénitales des organes sexuels chez les garçons nouveau-nés, ainsi que des troubles neurologiques et différents types de cancers[2]. C'est pourquoi la Commission européenne, dans son sixième programme d'action pour l'environnement, a reconnu qu'« il y a des preuves suffisantes pour suggérer que les problèmes associés à la contamination de l'environnement et des aliments par les pesticides sont sérieux et s'aggravent ». Du coup, les pays d'Europe

---

1. Suren Erkman, *Vers une écologie industrielle*, Charles Léopold Mayer, 1998.

2. J.-M. Pelt et G.-E. Séralini, *Après nous le déluge*, Flammarion-Fayard, 2006.

du Nord se sont fortement mobilisés pour réduire la consommation de ces produits. Le Danemark a diminué son recours aux pesticides de 47 % en dix ans, la Suède a fait mieux en poussant cette réduction à 64 % en six ans ; les Pays-Bas et la Norvège, agissant de même, ont obtenu des résultats similaires[1]. Mais, en France, rien ou presque ! Ces résultats ont été obtenus sans que les performances économiques des exploitations agricoles aient été modifiées dans des proportions significatives, les changements dans les pratiques n'ayant que très peu entamé le niveau des rendements. Ces orientations ont naturellement favorisé l'agriculture biologique, domaine dans lequel la France fait figure de parent pauvre, même si elle fut la première, en 1981, à élaborer un cahier des charges de ce mode d'agriculture, cahier qui d'ailleurs inspira la directive européenne qui suivit. Puis la France s'est endormie sur ses lauriers.

Les marchés danois sont empreints d'une tonalité écologique étonnante. Les produits bio y sont bien meilleur marché qu'en France. En revanche, les produits dangereux pour la santé, tels que les alcools forts, les cigarettes, les chips, les sucreries, sont nettement plus chers (de + 50 à + 100 %). Une façon d'en détourner les consommateurs. Dans les supermarchés, les sacs plastique sont payants. Quant aux bouteilles en verre et en plastique, elles sont consignées de sorte que leur recyclage est permanent et automatique. Pourquoi, après tout, ne pas rapporter au supermarché les bouteilles vides dans son cabas ou son caddie, puis-

---

1. F. Veillerette, *Pesticides, le piège se referme*, Terre vivante, 2002.

qu'au retour ceux-ci seront de toute façon plus lourds du fait des achats ?

Dans les villes danoises, les vélos sont aussi nombreux qu'en Hollande. Ainsi aucun domaine des activités relevant du développement durable n'est négligé dans ce petit pays qui devrait nous tenir lieu d'exemple.

Enfin et surtout, le Danemark a intégré la dimension sociale du développement durable en réussissant à faire naître des consensus entre tous les acteurs de la vie économique et sociale : politiques, syndicaux, patronaux. Au Danemark, on parvient à se mettre ensemble autour d'une table de négociation sans que, pour autant, gauche et droite hurlent à la trahison de leurs idéologies respectives. L'Allemagne a fait de même. Exemples à méditer, et peut-être à suivre d'autant plus que le Danemark apporte la preuve de la parfaite compatibilité entre écologie et économie, quand cette dernière est bien orientée. Ainsi ce petit pays affiche le troisième produit intérieur brut par habitant, en 2006, dans l'Europe des 25 (après le Luxembourg et l'Irlande), et le plus fort salaire brut annuel moyen, le seul à dépasser 40 000 € (41 740 €), mieux que le Luxembourg et le Royaume-Uni, qui dépassent juste les 38 000 €. Le taux de chômage y est aussi très bas (4,8 %), l'un des plus faibles d'Europe. Bref, une économie florissante [1]... et très écologique.

---

1. *Le Figaro Magazine*, 28 octobre 2006.

15

Le Brésil, champion du monde des biocarburants

Le Brésil a réagi au quart de tour au premier choc pétrolier. Dès 1975, la dictature militaire alors au pouvoir décida de se lancer dans la production de « proalcool » dans le but d'alléger la facture pétrolière. La canne à sucre abondamment cultivée était une matière première toute trouvée. Il suffirait de la faire fermenter pour produire de l'éthanol – l'alcool ordinaire – qui serait ensuite mélangé à l'essence. Resterait ensuite à mettre au point des moteurs fonctionnant totalement à l'alcool.

Certes, il a fallu un certain temps pour que l'alcool soit partout présent dans les stations-service et pour que les voitures s'adaptent à ce nouveau carburant miracle. Mais c'est désormais chose faite[1].

La canne à sucre, sans doute originaire de l'Inde, mais déjà cultivée par les Arabes en Libye, est arrivée en Amérique latine par le Pérou. Cette graminée géante est peu exigeante : sobre dans ses besoins en eau, elle ne demande pas non plus beaucoup d'engrais.

---

1. *Brésil : le pactole de l'éthanol*, reportage de J. Rieg et D. Colle, diffusé sur Arte le 18 janvier 2006.

Les cannes récoltées à la main, mais de plus en plus à la machine, sont broyées et mises à fermenter. Le saccharose se transforme en alcool que l'on recueille par distillation. L'éthanol, en effet, s'évapore à 93 degrés. De la canne à l'alcool, l'or vert du Brésil s'est transformé en or blanc !

Les résidus de fermentation – la bagasse – sont brûlés pour produire la chaleur nécessaire à la distillation de l'alcool. Ces usines recyclent donc leurs déchets. Mais elles font mieux encore : par cogénération, l'excédent de chaleur est transformé en vapeur d'eau, puis en électricité.

En 2005, le Brésil a traité 380 millions de tonnes de canne ; cette production devrait dépasser les 500 millions de tonnes en 2010.

L'alcool est moins polluant que l'essence et peut réduire de 75 % les dégagements de gaz à effet de serre. D'une part, il provient des végétaux qui recyclent, en l'absorbant, le gaz carbonique de l'atmosphère. D'autre part, il contient dans sa formule chimique de l'oxygène. Il contribue de ce fait à une combustion plus propre et plus efficace, supprimant les résidus de la combustion de l'essence : les hydrocarbures aromatiques, le plomb, pour certaines essences, et les oxydes d'azote. L'éthanol, c'est donc tout bénéfice, surtout lorsque le prix du baril de pétrole augmente, rendant le recours à l'alcool de plus en plus compétitif. Il ne bénéficie au Brésil d'aucune subvention, et son usage est parfaitement rentable.

Encore fallait-il des voitures capables d'utiliser ce biocarburant. Cet objectif a été atteint avec la mise sur le marché des voitures « flex ». Au Brésil, sept voitures sur dix sont « flex », c'est-à-dire compatibles avec deux combustibles : l'essence ou l'alcool, au choix de l'automobiliste. Du coup, la qualité de l'air s'est améliorée et São Paulo redécouvre les couchers de soleil.

Le concept « flex » a été initié par Volkswagen en 2002. La Polo Golf, modèle phare de la marque, est équipée d'un moteur « flex » dans l'usine de São Bernardo do Campo. Depuis lors, tous les grands constructeurs se sont mis au « flex ». Plus de gamme désormais sans moteur bicombustible. On voit circuler des Clio « flex » non commercialisées en Europe, faute de biocarburant disponible à la pompe. Le succès de l'éthanol est tel qu'il n'y a plus d'essence pure au Brésil ; celle-ci est au minimum coupée avec 25 % d'alcool pour protéger la qualité de l'air.

Mais ce ne sont pas seulement les voitures qui roulent à l'alcool. Tout récemment, un petit avion, une « sauterelle verte », s'est introduit avec succès sur le marché : le Neiva. Son pilote, Mauricio Nogueira, premier et seul pilote d'essai au monde d'un avion fonctionnant à l'alcool, est catégorique : il considère que la puissance de son moteur est supérieure à celle d'un moteur à essence, ce qui se perçoit au décollage. On déplorera cependant que cet avion serve à l'épandage des pesticides dans les grandes exploitations, les *fazendas*.

Pour le Brésil, il n'y a aucun doute : les voitures et peut-être les avions du futur fonctionneront à l'éthanol et/ou à l'hydrogène. Ce pays prendra-t-il le relais de l'Arabie Saoudite au XXIᵉ siècle ? À voir comment évoluent les choses, ce n'est pas impossible. Il fournit dès à présent 52 % de la production mondiale d'éthanol, talonné par les États-Unis (43 %). Les autres pays sont complètement distancés avec leurs petits 5 % restants. En Europe, la Suède, toujours bon élève de l'écologie, se démarque nettement.

Aux États-Unis, l'éthanol est distribué dans un nombre croissant de stations-service. On y dispense le E85, un carburant qui doit son nom à sa composition : 85 % d'éthanol pour 15 % d'essence. Faute de canne à sucre en Amérique du Nord, et comme au Canada, l'éthanol est produit ici par fermentation de l'amidon des grains de maïs, suivie de distillation. Ce n'est plus cette fois la plante entière qui fermente et se distille, comme la canne à sucre au Brésil ou la racine de betterave sucrière en France.

En 2005, 14 % de la production américaine de maïs était investie dans la fabrication d'éthanol, couvrant 3 % de la consommation nationale d'essence ; ce pourcentage devrait doubler d'ici à 2012 et passer à 10 % d'ici à 2020. À l'horizon 2050, l'éthanol devrait couvrir plus de la moitié de la consommation des carburants utilisés dans les transports. Mais, pour cela, une révolution s'impose. Elle consiste à ne plus transformer seulement l'amidon des grains en éthanol, mais à utiliser aussi la cellulose, élément constitutif des tiges et des feuilles. C'est donc la plante entière qui sera biotransformée. L'industrie vient de parvenir, grâce à de nouvelles enzymes, à relever ce défi : une usine pilote fonctionne déjà à Ottawa et une unité commerciale doit voir le jour en 2007 au Canada. Ce bond technologique décisif pourrait modifier entièrement la donne en faveur de l'éthanol.

En France, qui dit biocarburant évoque certes la transformation par fermentation et distillation de la betterave ou de l'amidon de blé et de maïs en éthanol destiné à être mélangé à l'essence. Mais on songe davantage aux huiles de colza et de tournesol dédiées aux moteurs diesel (biodiesel). Or la production de ces biocarburants se heurte à plusieurs difficultés. D'abord en ce qui concerne les surfaces disponibles pour les produire : si ces productions devaient considérablement augmenter, elles entreraient en compétition avec les surfaces à vocation agroalimentaire. Les écologistes redoutent d'autre part que la culture intensive des betteraves, des céréales, du tournesol et du colza destinés aux biocarburants entraîne une pollution massive des sols, des rivières et des nappes souterraines par les pesticides et les engrais. Car la pression sera forte en faveur de l'utilisation de ces intrants chimiques dès lors que ces productions ne seront plus destinées à l'alimentation.

En matière de biocarburants, la France peut mieux faire, car sa production reste modeste. Comme pour l'agriculture biologique, elle a d'abord été pionnière, puis elle a relâché son effort et s'est laissé distancer. Aujourd'hui, on parle de rattrapage avec l'ambition d'atteindre 5,75 % de biocarburants, éthanol et biodiesel confondus, en 2008, et 7 % dès 2010, avec l'espoir de réussir dans le futur, comme au Canada, la transformation de la plante entière en alcool. Une biotechnologie qui devrait prendre le pas sur les huiles et les amidons issus des seules graines, qui font de la plante elle-même un déchet. Mais nous en sommes encore loin. Pourtant, dans un an, la France devrait compter cinq cents pompes distributrices de biocarburants.

Faudra-t-il pour autant abandonner les amidons de maïs ? Certes non : le maïs, céréale fétiche de l'Amérique précolombienne, s'apprête à « rebondir ». Il était temps, car il s'était fait une bien mauvaise réputation. Tandis que le maïs OGM stimule les ardeurs des faucheurs volontaires, les météorologues se désolent de voir ses cultures s'étendre dans des régions où la sécheresse fait des ravages, comme dans le sud-ouest de la France. Le maïs exige en effet d'énormes quantités d'eau en plein été, lorsqu'il fait sec. Mais voici qu'après le maïs-aliment, puis le maïs-biocarburant, apparaît un maïs... vêtement[1] ! Au salon bio qui s'est tenu à Chicago en avril 2006, on apprenait que la mode serait bientôt au maïs. Comprenez bien : il s'agit de la mode vestimentaire. Ainsi vit-on un défilé de mode dont toutes les parures étaient fabriquées en « ingéo », nouvelle fibre textile comparable au polyester dérivé du pétrole, mais fabriquée à partir de l'amidon des grains de maïs. Détail non négligeable : serviettes hygiéniques et couches pour bébé bénéficient aussi de cette surprenante avancée biotechnologique. Ainsi le maïs se positionne comme un compétiteur du pétrole, seul capable jusqu'ici de produire par pétrochimie des fibres textiles synthétiques.

Mais le maïs dame aussi le pion au pétrole dans le domaine des matières plastiques. La grande distribution commence à se mettre aux sacs plastique biodégradables dérivés du maïs. Demain, nos assiettes, nos bouteilles, nos sacs, nos films et nos poupées seront fabriqués à partir du maïs, avec un avantage incontournable sur les dérivés du pétrole : ils seront biodégra-

---

1. *Le Figaro*, 14 avril 2006.

dables à 100 % en moins de trois mois. Une robe de mariée et une bouteille de champagne biodégradables : espérons que le couple durera plus longtemps !

Les grandes multinationales américaines sont déjà partantes. Natureworks, filiale du géant céréalier américain Cargill, Metabolix, Dupont, toutes s'engagent avec célérité dans cette voie. S'ouvre ainsi le troisième âge des biotechnologies, après celui de l'énergie, où elles interviennent dans la fabrication des biocarburants, et celui de l'alimentation, qui nous a valu les OGM. L'Amérique entre ainsi de plain-pied dans l'après-pétrole.

« L'Amérique est droguée au pétrole ! » s'exclamait George W. Bush, en janvier 2006, dans un rare instant de lucidité. Aujourd'hui, la cure de désintoxication est bel et bien commencée.

QUATRIÈME PARTIE

La construction écologique

16

Rendez-vous au lycée Léonard-de-Vinci, à Calais

En raison du mode de scrutin majoritaire, il est rare qu'un élu vert soit porté à la tête d'un exécutif municipal, départemental ou régional. C'est ce qui est advenu pourtant dans la région Nord-Pas-de-Calais lorsque Marie-Christine Blandin en fut élue présidente.

Marie-Christine Blandin a peu fait parler d'elle sur le plan national. Sénateur, mais éloignée de la politique politicienne et de ses arcanes, elle a mené avec fermeté et efficacité sa région sur les chemins de l'écologie. En témoigne la très belle réussite du lycée Léonard-de-Vinci, à Calais.

Ce lycée a ouvert ses portes le 1er septembre 1998. Il est le premier lycée de « haute qualité environnementale » (HQE) construit en France. La qualité HQE est indissociable du concept de développement durable. Elle implique une démarche visant à analyser les impacts environnementaux d'un bâtiment à travers une série de quatorze critères qualifiés de « cibles » et orientés dans quatre directions. La première porte sur les effets environnementaux liés à la construction du bâtiment, en l'occurrence sur la qualité de son insertion dans le site, le choix des procédés et produits de construction, la réduction des nuisances dues au chantier. Après ces cibles dites d'écoconstruction, la qualité HQE prend en compte les cibles d'écogestion, soit l'impact sur l'environnement du bâtiment lorsqu'il est terminé et en exploitation : gestion de l'énergie, de l'eau, des déchets et de la maintenance. La troisième direction englobe les cibles liées au confort des utilisateurs : confort hygrométrique, acoustique, visuel, olfactif. Enfin dans la quatrième direction entrent les cibles en rapport avec la santé : qualité de l'air, de l'eau, conditions sanitaires en général. Il est exceptionnel qu'un bâtiment intègre de façon qualitative l'ensemble de ces paramètres ; tout au moins essaie-t-on d'y parvenir. C'est ainsi que, pour le lycée Léonard-de-Vinci, on a mené une réflexion approfondie sur douze de ces quatorze cibles.

L'intégration dans le site est particulièrement soignée : le lycée s'inscrit dans la logique d'un paysage de plaine maritime avec son réseau de canaux. L'eau est un élément fort et fédérateur de l'aménagement paysager ; elle s'écoule dans un réseau continu autour du bâtiment, évitant toute stagnation dans des bras morts. L'accès au lycée se fait par une passerelle en bois de chêne, car tout usage de bois exotique a été formellement proscrit afin de limiter l'érosion des forêts tropicales. L'eau de pluie est filtrée et récupérée dans un réservoir en vue des besoins sanitaires, comme les chasses d'eau « économes » qui consomment six litres au lieu des dix habituels. Elle sert aussi à l'arrosage. Pour permettre une bonne circulation de l'eau dans les canaux, le terrain est nivelé en pente douce, partant d'un point haut, à l'est, côté terre, vers un point bas, à l'ouest, côté mer. Ce dénivelé permet d'enfouir les parkings en évitant toute pollution visuelle. Des plantations judicieuses, représentant quatre-vingt-dix espèces locales, assurent la continuité du paysage en formant une sorte de corridor biologique.

Le souci de l'environnement est une préoccupation trop souvent absente de la culture architecturale contemporaine où l'œuvre de l'architecte est censée se suffire à elle-même sans prendre en compte l'intégration dans le site ; d'où ces verrues agressives – et agressivement « modernes » – qui font si souvent saillie dans le tissu urbain de nos cités.

À Léonard-de-Vinci, le nivelé du sol a permis d'utiliser sur place la terre excavée, cependant qu'au long des travaux les ouvriers ont trié les déchets dans sept bennes. Les bennes de bois ont été distribuées à des personnes démunies pour leur chauffage ; les bennes de cartons et plastiques ont été envoyées dans des usines de recyclage.

Le choix des matériaux a fait l'objet d'une grande attention. Tous ceux utilisés ont été examinés du point de vue de leur impact sur l'environnement et la santé. Ils ont passé une sorte d'examen de leur cycle de vie, des matières premières ayant servi à leur fabrication à l'énergie nécessaire pour les produire et aux rejets éventuellement toxiques que cette production suppose. On a réduit au minimum l'utilisation des solvants et des colles, en raison de leur impact sur la santé, tout en favorisant les peintures à l'eau, l'utilisation de la brique, le verre, les carrelages en terre cuite, les linoléums d'huile de lin et de poudre de liège. Tous ces matériaux sont d'excellents isolants thermiques et phoniques. Ils sont en outre recyclables, car dans la démarche HQE le souci de la durabilité ne postule pas l'éternité des réalisations : un jour, ce lycée sera obsolète et il faudra le détruire ; tout doit donc pouvoir être recyclé.

L'autonomie énergétique des bâtiments est assurée par une éolienne de 35 mètres de haut, et d'une puissance de 150 kW. En hiver, le chauffage est assuré par un système énergétique performant : un moteur alimenté au gaz naturel fait tourner un alternateur qui produit de l'électricité ; dans le même temps, l'eau qui sert au refroidissement du moteur, et qui donc se réchauffe, est injectée dans les radiateurs – c'est le principe de la cogénération. La production simultanée d'électricité et de chaleur, combinée à l'apport de l'éolienne, permet de couvrir les besoins du lycée en électricité et en chaleur. En cas de surplus de production, l'électricité est renvoyée sur le réseau EDF.

Mais, pour parfaire ce bouquet énergétique, il fallait songer au solaire. Sur 75 mètres carrés de toiture, des cellules photovoltaïques ont été installées ; elles alimentent les éclairages de sécurité et les alarmes. Quant à l'eau des cuisines, elle est chauffée par des panneaux solaires qui la portent à 55 °C. Les sources d'électricité et de chaleur sont donc diversifiées, et pour éviter les déperditions énergétiques dans le système de ventilation des classes, l'air chaud expulsé à l'extérieur du bâtiment est mis en contact avec l'air froid qui y entre : une manière d'économiser l'énergie, puisque cet air froid pénètre ainsi réchauffé dans les salles. La gestion énergétique de Léonard-de-Vinci est une belle prouesse ; elle toucherait à la perfection si la chaudière fonctionnait au bois, excluant alors tout impact sur le réchauffement climatique.

Des locaux spécifiques sont prévus pour le tri sélectif des déchets. Un système de traitement et d'élimination des déchets chimiques permet d'éviter les rejets spécifiques des salles de chimie où travaillent les élèves de la section « Traitement de l'eau ». On n'a pas oublié non plus l'accès au lycée, assuré par des navettes de bus, mais aussi en construisant un grand garage à vélos surveillé.

Enfin, cerise sur le gâteau, une partie des toitures est végétalisée, ce qui représente non seulement un avantage esthétique, mais évite aussi, en cas de fortes pluies, l'engorgement du réseau. Les plantes absorbent en effet une partie de l'eau qu'elles restituent à l'atmosphère par transpiration. Cette végétalisation offre aussi un avantage sur le plan de l'isolement thermique et phonique. En hiver, le couvert végétal constitue une sorte de manteau protecteur ; en été, la transpiration des plantes, en pleine activité, diminue la température.

Ces pratiques de végétalisation sont aujourd'hui de plus en plus répandues. C'est par exemple le cas dans la ville de Toronto, au Canada, où ces toits végétalisés sont accessibles aux habitants. On envisage même d'y pratiquer de l'hortithérapie, c'est-à-dire d'y faire travailler des personnes en difficulté psychologique (le jardinage entre en effet dans les stratégies psychothérapiques, notamment en Amérique du Nord). Des joubarbes, ces sortes de petits artichauts crassulescents, sont généralement plantées sur ces toits végétalisés, tout comme elles colonisent d'ailleurs souvent les toits des vieilles demeures, ce qui leur a valu le nom de « joubarbes des toits »[1].

Toutes ces innovations concentrées sur un unique objectif, un lycée, entraînent-elles un surcoût significatif ? Certes, et il a été évalué à + 15 % par rapport au coût d'un lycée classique. Mais la qualité HQE permet de fortes économies à terme, de sorte que ce surcoût sera entièrement amorti sur une période de quinze ans ; après quoi, le lycée deviendra, si l'on peut dire, « rentable ».

Léonard-de-Vinci sert aujourd'hui de référence pour les autres lycées de la région, en particulier le très beau lycée de Caudry. Ces nouveaux établissements sont eux aussi HQE : retombée positive de l'affectation par l'État de la construction et de la gestion des lycées – mais non pas des personnels enseignants – aux régions. Ici, la région Nord-Pas-de-Calais a fait, comme on dit, très fort ! Mais il le fallait, quand on voit l'état de délabrement de tant de lycées et d'universités édifiés à la hâte dans la frénésie des années 1960-70.

Or un environnement dégradé est dégradant pour ceux qui le subissent. La qualité de l'environnement est un facteur essentiel de la qualité de la vie et du respect que l'on porte à soi-même et aux autres. Nos « modernes » universités – Jussieu y compris – battent

---

1. Pour les personnes intéressées par la construction écologique, l'ADEME a mis en place 160 relais de proximité : espace info-énergie, le relais du Puy-de-Dôme est particulièrement efficace et organise à Laschamps (commune de Landogne, 63) le salon Habis, consacré à l'habitat écologique.

souvent des records de laideur et de délabrement après à peine trente ans d'usage. Elles vieillissent mal. Comment la République peut-elle tolérer que ses étudiants soient aussi mal traités ?

Le lycée Léonard-de-Vinci est au contraire d'une grande valeur pédagogique pour ses élèves, auxquels il assure une exceptionnelle qualité de vie, ainsi qu'une initiation permanente et spontanée aux valeurs de l'écologie et du développement durable.

La région Nord-Pas-de-Calais s'est fortement mobilisée pour la qualité de l'environnement en réussissant par ailleurs la reconversion de ses sites industriels et en portant une attention particulière à l'impact écologique de ses réalisations. Mes amis les professeurs Jean-Marie et Jeannette Géhu y ont fortement contribué en créant et animant le Centre de phytosociologie de Bailleul. Bravo, les Ch'timis !

CINQUIÈME PARTIE

Une révolution dans les transports

17

Vivre à Curitiba

De loin Curitiba ressemble à toutes les grandes villes du continent américain. Une forêt de tours surgit d'un paysage très vert sur fond de collines, à 600 kilomètres au sud-est de Rio. La ville se trouve au centre de la région la plus industrialisée d'Amérique du Sud. Capitale de l'État du Paraná, elle s'est développée à une vitesse vertigineuse. De 150 000 habitants en 1950, elle est passée à plus de 1,8 million aujourd'hui : un taux d'accroissement qui compte parmi les plus élevés du Brésil. Curitiba est donc une ville champignon, même si elle ne joue pas dans le club des *majors* où se pressent Tokyo, Mexico, New York ou São Paulo, les quatre plus grandes mégapoles du monde.

Le destin de Curitiba a changé en 1971 avec la nomination d'un nouveau maire, Jaime Lerner. Urbaniste, Lerner a repensé sa ville selon quelques critères on ne peut plus simples : le faible niveau social de la majorité de la population – Curitiba comporte aussi des favelas –, la nécessité de faire participer activement les habitants à la vie de la cité, l'inutilité d'attendre une hypothétique manne financière de Brasília, enfin la priorité donnée au développement local avec des moyens certes modestes, mais avec beaucoup d'astuce et d'imagination ; le tout suivant une éthique écologique qui ne s'appelait pas encore « développement durable », puisque le concept n'en a été proposé qu'en 1987.

Les visiteurs de Curitiba sont frappés par l'absence d'embouteillages et la propreté de la ville. C'est sur ces deux registres qu'elle a fondé sa réputation.

En matière de transports, Lerner et son équipe ont inventé un nouveau concept : le RIT, trois lettres signifiant « réseau intégré de transport ». Le RIT est intégré dans la ville comme il l'est dans son nom : sur tous les plans de la cité, Curitiba s'écrit en effet « CuRI-Tiba ». Le RIT est un mode de transport d'un type nouveau, une sorte d'hybride entre le bus et le métro. Au bus il emprunte la nature du véhicule : un bus très long, deux fois articulé par des soufflets, piloté par un seul employé et pouvant accueillir 270 passagers, avec facilités d'accès pour les non-valides. Mais ces grands bus fonctionnent comme le métro : circulation en site propre sans aucune concurrence avec le trafic automobile ; périodicité performante, de l'ordre de deux minutes, et surtout arrêts à des stations « cultes », 100 % *made in* Curitiba. Ces stations sont formées d'un cylindre de verre et de métal de 3 mètres de diamètre sur 10 mètres de long pour le module de base, lequel peut être doublé ou triplé en longueur comme en largeur selon l'importance du trafic de la station. Les voyageurs paient à l'entrée du tube et non à celle du bus. Comme dans le métro, les bus viennent accoster à niveau et toutes leurs portes s'ouvrent en même temps sur les parois du tube, coulissant comme des portes palières. Plus subtil encore : ces métro-bus peuvent, selon les besoins, fonctionner comme de simples bus, c'est-à-dire en desservant aussi des points d'arrêt, et non plus seulement des stations, lorsqu'ils sillonnent des zones périphériques moins peuplées. Bref, le RIT cumule les avantages du bus et du métro : c'est un bus dans les zones périurbaines, et un « quasi-métro » dans les zones plus denses.

Quant au coût et au montage financier de l'opération, leur modicité est impressionnante. Le système RIT a coûté deux cents fois moins cher qu'un métro souterrain ! La municipalité a tracé les itinéraires, choisi les véhicules, installé les stations et décidé du tarif. Un tarif unique très bas permet de se rendre en n'importe quel point de l'agglomération et intègre les transits de ligne à ligne. En revanche, ce sont des sociétés privées qui ont acheté les bus et engagé les chauffeurs. Aucun coût, donc, pour la collectivité publique. Le résultat est probant : 1,8 million de passagers sont transportés chaque jour, ce qui représente 80 % des déplacements urbains. Les voitures restent au garage. La pollution de l'air a été réduite de 30 %, et 135 kilomètres de pistes cyclables ont été créés, cependant que de nombreuses zones piétonnes maillent le centre-ville. Le transport urbain n'est donc plus un problème à Curitiba, que toutes les mégapoles reluquent d'un œil envieux. L'hybridation du bus et du métro : une sorte de métissage, domaine dans lequel le Brésil s'est révélé particulièrement doué !

À la suite d'une visite de son maire à Curitiba, Los Angeles a décidé de s'inspirer de cet exemple et de lancer deux lignes expérimentales, inaugurées en 2001, dont le succès a été immédiat. Ces nouvelles lignes, baptisées *Metro Rapid Line,* sont desservies par des bus somme toute banals qui se font surtout remarquer par leurs couleurs voyantes.

Une autre préoccupation commune à tous les maires a été brillamment résolue à Curitiba : l'enlèvement et le traitement des ordures ménagères. La cité jouit de la flatteuse réputation d'être aussi propre qu'une ville suisse. Deux programmes sont mis en œuvre : « *Lixo que não é lixo* » (« Les déchets ne sont pas des déchets ») et « *Cambio verde* » (« Échange vert »). Par le biais de ces campagnes d'information, l'équipe municipale a lancé un étrange défi : de la nourriture contre les déchets ! On a donc entrepris de convaincre les habitants, y compris ceux des favelas, de trier leurs déchets, démarche encore on ne peut plus rare à l'époque. Deux fois par semaine, des camions sillonnent la ville et réceptionnent les paquets contenant papier, verre ou plastique. En échange de 4 kilos d'ordures triées, chacun reçoit 1 kilo de légumes frais, ou encore un ticket de bus ou une place d'opéra. Pour amorcer la pompe et faire fonctionner le système, la municipalité s'est adressée aux enfants. Une armée d'écoliers dûment mobilisés ont reçu mission de convaincre leurs parents des bienfaits d'un prix « écologiquement correct » des ordures. Point ici d'usines d'incinération sophistiquées, coûteuses et souvent polluantes, mais une sorte de système D à la brésilienne, peu cher et efficace. Fini, désormais, les amoncellements d'immondices dans les ruelles des favelas inaccessibles aux camions-bennes. Fini aussi, les rues transformées en cloaques à chaque orage, inondées, submergées de déchets, exigeant de coûteuses interventions des services spécialisés. Et fini, enfin, les contaminations de l'eau potable, avec toutes les conséquences sanitaires qui en résultent. Bref, plus d'interventions coûteuses pour la municipalité avec ce système stimulant, fondé sur l'étroite coopération de la population. Les déchets organiques non triables sont compostés et réutilisés sous cette forme par les services préposés aux espaces verts de l'agglomération.

Recyclage et lutte contre le gaspillage sont les deux mamelles de la stratégie urbaine à Curitiba. Ici, d'anciens bus servent de salles de classes ou de bibliothèques. Là, les pavillons de l'université de l'environnement ont été construits avec d'anciens poteaux du téléphone, ce qui fait dire à Jaime Lerner que l'on pratique l'architecture post-moderniste (*post* signifiant « poteau » en portugais).

Une des préoccupations prioritaires de Jaime Lerner a été d'éviter le développement des favelas. Pour endiguer ce cancer urbain, il a mis en place un dense réseau d'espaces verts à la périphérie, y stoppant ainsi l'urbanisation galopante. La superficie totale des espaces verts a été multipliée par cent, dépassant les 52 mètres carrés par habitant, soit plus de trois fois le minimum chlorophyllien recommandé par l'ONU (16 mètres carrés). Vingt et un parcs ont été créés depuis 1980, et le fleurissement des centres piétonniers, parfaitement réussi, vaudrait sans doute à Curitiba les quatre étoiles dévolues aux plus belles villes françaises.

Curitiba a donc gagné un pari en forme de paradoxe : freiner le développement anarchique en périphérie en réduisant la croissance urbaine sauvage, tout en augmentant les superficies vertes à la disposition des habitants. Ainsi les zones urbanisables sont-elles parfaitement maîtrisées.

La politique écologique de l'agglomération s'accompagne d'une forte dimension sociale et participative. La prise en charge des enfants et des adolescents a abouti à la création de quarante-deux « phares du savoir » : il s'agit de petites tours, facilement repérables dans le paysage urbain des quartiers défavorisés, où les enfants sont pris en charge jusqu'à 21 heures en semaine. Ils y bénéficient de PIA (« programmes d'intégration des enfants et des adolescents ») qui leur offrent une multitude d'activités, dont des programmes d'éducation écologique : entretien de jardins, installation de nichoirs pour les oiseaux, recyclage du papier, etc. Les adolescents de 14 à 17 ans accèdent à des formations professionnelles en horticulture. La pédagogie à destination de ces enfants a été soignée : les livres de classe de Curitiba ont été spécialement rédigés en tenant compte des objectifs écologiques et sociaux de la municipalité.

D'autres innovations sociales audacieuses ont été mises en place dans les quartiers pauvres où des associations gèrent des centres de santé et des magasins familiaux. Les familles aux revenus modestes peuvent avoir gratuitement accès aux soins de première nécessité et acquérir des denrées alimentaires à prix coûtant.

Stratégie aboutie en matière de transports en commun, gestion rationnelle, sociale et peu coûteuse des déchets, multiplication des espaces boisés, parcs et jardins, politique sociale hardie incluant le paramètre de la pauvreté, si prégnant dans les mégapoles du Sud, participation active des citoyens à la gestion de leurs équipements et de leur environnement, urbanisme maîtrisé : tels sont les succès à mettre à l'actif de la ville. Vivable, durable, écologique, Curitiba ne ressemble en aucune manière à ces agglomérations grouillantes, polluées et embouteillées dont le tiers-monde offre malheureusement partout le triste spectacle.

Mais qu'est donc devenu Jaime Lerner au terme de ses trois mandats ? En 1996, il a été élu gouverneur de l'État du Paraná sur la liste du Parti des travailleurs du président Lula. À Curitiba, son successeur poursuit son œuvre dans le même esprit, cependant que la créativité curitibaine s'étend à tout l'État du Paraná. Jaime Lerner a tenté de freiner l'exode rural, qui ne cesse de venir gonfler les favelas, en proposant aux urbains de se réapproprier la campagne dans des *vila rural* où chaque famille dispose d'un petit terrain censé lui permettre d'accéder à l'autosuffisance alimentaire. Alphonse Allais proposait de déménager les villes à la campagne ; Jaime Lerner l'a fait !

En 2002, Lerner, âgé de 68 ans, quitte le pouvoir. Curitiba, primée par l'ONU, est devenue « la Ville des gens ». Le secret de cette réussite : une intense créativité hors des sentiers battus et à faible coût. Parlant de Curitiba, cinq fois plus grande que Genève, l'ancien président du Conseil d'État genevois, Guy-Olivier Segond, disait : « Ils ont réussi ce que nous n'avons pas pu faire : décentraliser les services publics. Ils ont peu de moyens et beaucoup de créativité ; ici, c'est l'inverse. » Et lorsque l'on demande à Jaime Lerner quel est donc son secret, il répond : « Aimer les gens. » Tout est dit.

18

En Suisse, des camions sur les trains

Sur les autoroutes, les camions processionnent. Les tomates d'Espagne montent vers le nord et celles de Hollande descendent vers le sud. Lorsque ces flux croisent les automobilistes aux heures de pointe, les bouchons se multiplient. Selon l'Union européenne, 7 500 kilomètres de routes et d'autoroutes européennes sont quotidiennement affectés par des encombrements, soit 10 % du réseau. Un scénario que la Suisse refuse absolument.

Passage obligé entre l'Allemagne et l'Italie, la petite Suisse, si préoccupée d'écologie, risquait l'asphyxie de ses autoroutes signalisées en vert. Elle a de longue date privilégié le rail, les chemins de fer suisses formant un réseau bien maillé où l'efficacité des interconnexions évite les trop longues attentes des trains en correspondance. Mais la Confédération a décidé d'aller plus loin : elle veut exclure les camions de ses autoroutes pour les charger sur les trains. Au cœur des Alpes, dans le canton des Grisons, elle construit un tunnel du Saint-Gothard *bis*. Sur la ligne Zurich-Milan, avec ses 57 kilomètres, ce sera le plus long tunnel ferroviaire du monde. En cours de percement, il devrait être opérationnel en 2015. En attendant, la Suisse a négocié avec l'Union européenne le droit de prélever une taxe de passage sur les poids lourds traversant son territoire, taxe proportionnelle à la distance parcourue, au gabarit des camions et aux émissions de gaz polluants. Le revenu de cette taxe, couplé à un impôt sur les huiles minérales, est affecté au financement des grandes infrastructures ferroviaires helvétiques.

Percer un tunnel de 57 kilomètres de long n'est pas une mince affaire. Le chantier a malheureusement déjà coûté la vie à plusieurs ouvriers. Éviter les poches d'eau, apprécier la dureté de la roche : autant de défis lancés aux géologues et aux sapeurs, en l'occurrence des ouvriers européens, suisses, autrichiens, allemands ou italiens, car la Suisse fait peu appel à la main-d'œuvre turque ou maghrébine.

Les Suisses se sont lancé un autre défi : à 800 mètres de profondeur, ils ont décidé de construire une gare souterraine sous le village de Sedrun, dans la vallée de la Surselva. Cette gare sera reliée à la surface par un ascenseur et désenclavera ainsi cette vallée isolée.

Pourtant, de Bâle et Zurich à Côme et Milan, le nouveau Saint-Gothard ne suffira pas à désengorger totalement les autoroutes. Pour relier Zurich et Milan en deux heures quarante, deux autres tunnels sont prévus : celui du Zimmerberg, entre Zurich et Zug, long de 20 kilomètres, et celui du Ceneri, entre Bellinzona et Côme, long de 15 kilomètres. Pour ce dernier, les travaux ont débuté le 20 juin 2006. Ce sont donc pas

moins de 92 kilomètres de tunnels qui seront percés
sous la montagne entre les grandes métropoles suisses
et italiennes. Mais Milan sera aussi reliée à Berne par
le tunnel du Lötschberg, long de 34,6 kilomètres et
ouvert à la circulation en 2007. Entre toutes ces villes,
des navettes ferroviaires transporteront en continu les
camions de fret, laissant aux voitures légères l'accès
aux autoroutes. Les automobilistes peuvent aussi dès
à présent embarquer avec leurs voitures sur les trains
en passant par le tunnel du Simplon dont la capacité
de transport vient d'être revue à la hausse. Ainsi la
Suisse a fait, à l'instar du Danemark, de l'écologie son
maître mot [1].

En France, le ferroutage est un peu comme l'Arlé-
sienne de Bizet : on en parle beaucoup, on ne le voit
jamais. Un projet, toutefois, est en cours de finalisa-
tion : la première autoroute ferroviaire, Luxembourg-
Perpignan, ouverte au trafic en mars 2006. Les poids
lourds sont chargés sur des trains spéciaux, sur un trajet de 1 000 kilomètres, *via* la vallée du Rhône. Mais
seules les remorques voyageront ainsi, sans camions
ni chauffeurs, sur des wagons surbaissés à planchers
pivotants pour le chargement. Les quinze premiers
wagons du projet chargeront sur deux plates-formes
situées l'une à Bettembourg, au Luxembourg, l'autre
à Perpignan.

L'autoroute ferroviaire Luxembourg-Perpignan est
encore peu fréquentée : deux trains circulent chaque
nuit, délestant les autoroutes de la vallée du Rhône de
4 % seulement du trafic longue distance. Si l'expérience est concluante, une deuxième autoroute ferro-

---

1. *La Croix*, 22 juin 2006.

viaire sera créée entre Paris et Hendaye, trajet sur lequel se pressent 8 500 poids lourds par jour.

Mettre Turin à moins de deux heures de Lyon : voilà l'autre grand projet transalpin, exigeant le percement d'un tunnel de 53 kilomètres sous les Alpes. L'accord conclu entre les partenaires nationaux et régionaux est vigoureusement contesté, côté italien, par les habitants du val de Suse, très remontés contre ce projet, car ils craignent l'asphyxie de leur vallée. Lyon-Turin n'est ni un projet TGV, ni un projet de ferroutage : il vise le transport de marchandises sur des trains. Le transit transalpin par camions a augmenté de 25 % en dix ans, alors que moins de 15 % du fret a été acheminé par rail. Or les études menées par l'Agence de l'environnement et de la maîtrise de l'énergie (ADEME) ont montré que le transport par route consomme cinq fois plus d'énergie que le transport par rail. Lorsque le Lyon-Turin fonctionnera, la réduction des émissions de gaz à effet de serre sera de 360 tonnes par jour.

La transition à la voie ferrée semble, à terme, inéluctable ; elle permettra de désencombrer routes et autoroutes et réduira les dégagements de gaz à effet de serre. En revanche, elle induira une plus grande consommation d'électricité et pourrait servir d'argument en faveur du développement de l'industrie nucléaire. Mais le scénario négawatt présenté par ailleurs intègre ces paramètres : ni les lourds camions au gabarit standard qui sillonnent les autoroutes, ni les centrales nucléaires, avec leurs longs panaches de vapeur d'eau, ne sont inéluctables.

Bien loin de telles préoccupations, la Chine vient

d'achever la ligne Pékin-Lhassa, soit 4 000 kilomètres parcourus en moins de quarante-huit heures. Le tronçon Golmud-Lhassa – 1 184 kilomètres, dont 960 à plus de 4 000 mètres d'altitude – a été inauguré en juillet 2006. Après le barrage des Trois-Gorges sur le Yangzi, la Chine inscrit ainsi au Guinness des records la ligne la plus haute du monde. Elle culmine à 5 072 mètres, plus haut que le mont Blanc, sous le tunnel de Tangula Shankou, au Tibet. Le précédent record du « Central Pérou », qui traverse la cordillère des Andes entre Lima et Huancayo à 4 881 mètres d'altitude, est ainsi battu. Mais, bien évidemment, il ne s'agit pas, pour Pékin, de ferroutage. En dehors de la prouesse technique très médiatisée par la République populaire, il s'agit tout simplement de parachever la colonisation du Tibet, l'ancien pays du dalaï-lama. Après la Mandchourie, la Mongolie-Intérieure, le pays des Ouïgours, Pékin prend ses aises au Tibet, tant il est vrai que le chemin de fer est l'instrument privilégié pour l'unification des grands empires coloniaux. La Russie fit de même il y a un siècle en construisant le légendaire Transsibérien entre Moscou et Vladivostok : 9 440 kilomètres et sept fuseaux horaires parcourus en sept nuits et huit jours ; au kilomètre 1777, il franchit dans l'Oural la frontière officielle entre l'Europe et l'Asie.

Le « Transtibétain » a dû déjouer bien des ruses et pièges de la nature. Du fait de l'altitude, il a fallu pressuriser les voitures, comme on fait des avions, et s'accommoder d'un sol gelé en permanence. La moitié de la ligne entre Golmud et Lhassa a été construite sur ce permafrost, soit 560 kilomètres, dont 100 sur des sols très instables. Il a fallu dans certains cas édifier des sortes de ponts pour enjamber des tronçons à hauts risques. Mais qu'en sera-t-il quand le réchauffement climatique entraînera la fonte de ce permafrost, déstabilisant voies et ballast ? En l'occurrence, la Chine a appliqué, semble-t-il, le principe de précaution : les voies sont arrimées en profondeur pour contrer la fonte partielle du permafrost en été, et des panneaux réfractant la lumière ont été installés pour éviter une trop forte insolation. Sera-ce suffisant ? Le pari, en tout cas, est hasardeux, mais la Chine, emportée par son élan, n'en est pas à un pari près [1].

---

1. *La Vie du rail*, 26 juillet 2006.

SIXIÈME PARTIE

Le casse-tête des déchets

19

Trier et recycler

Au Moyen Âge, les déchets allaient à la rue. Des monceaux d'immondices encombraient les caniveaux. Dans mon enfance, les ordures partaient à la décharge sans autre forme de procès : une pollution visuelle navrante qui se signalait à l'odeur. Mais dans le jardin de mon grand-père, les déchets verts servaient à faire du compost ; nous avions une longueur d'avance.

La nature fait mieux encore. Par la photosynthèse, elle recycle dans les plantes le gaz carbonique émis par la respiration des animaux et des végétaux. Et par les bactéries, les champignons et les « petites bêtes », elle recycle la masse des feuilles tombées en automne. Qu'en serait-il de nos forêts si celles-ci s'accumulaient de strate en strate, année après année ? Pas une bouse de vache, pas le moindre morceau de bois mort qui ne soient promptement recyclés. Et l'on parle à juste titre du « cycle de l'eau ». Il est temps que, inspirés par ce modèle, nous « recyclions » à notre tour.

Les Français rejettent chaque année 30 millions de tonnes de déchets, soit une moyenne de 438 kilos par habitant. L'analyse d'une poubelle montre que 25 à

30 % des déchets correspondent à des produits organiques végétaux ou animaux, auxquels s'ajoutent 29 % de cartons et papiers, 12 % de verre, 10 % de plastiques, 6 % de métaux, 2 % de textiles et 10 à 15 % de produits divers.

Dany Dietmann est devenu la référence incontournable en matière de traitement des déchets, auquel il a consacré un ouvrage qui fait autorité[1]. Ce professeur en sciences de la vie et de la terre (SVT) est maire de Manspach, en Alsace. Il a en charge la gestion des ordures ménagères dans sa communauté de 33 communes rurales comptant 13 800 habitants, et a réfléchi de longue date au problème des déchets.

Plusieurs types d'approches sont possibles. La première, la plus ambitieuse, vise tout simplement à supprimer les déchets, c'est-à-dire à ne plus en produire. Une solution qui, naturellement, n'est pas pour demain, mais qui tend à réduire au maximum le volume exorbitant des emballages, du plastique, des papiers publicitaires qui obstruent les boîtes aux lettres, etc. Canberra, capitale de l'Australie, a été la première ville du monde à se fixer un objectif zéro déchet en 2010. En Nouvelle-Écosse, cette pointe avancée du Canada dans l'Atlantique, la ville de Halifax a déjà réduit de 60 % sa production de déchets en créant trois mille emplois dans ce secteur. Toujours au Canada, Edmonton a fait mieux encore avec 70 % de réduction. San Francisco s'est engagée dans la même voie.

Des industriels comme Xerox, Sony, Mitsubishi,

---

1. D. Dietmann, *Déchets ménagers, le jardin des impostures*, L'Harmattan, 2005.

IBM, Hewlett Packard et d'autres s'inspirent de cette éthique. Xerox achemine ses photocopieurs usagés dans une usine située aux Pays-Bas ; ils y sont classés en quatre catégories : ceux qui nécessitent un simple nettoyage sont revendus ; d'autres sont réparés ; d'autres démontés pour récupérer les pièces détachées nécessaires aux réparations des précédents ; enfin, ceux qui ne sont plus réparables sont démontés, et leurs éléments recyclés.

C'est ce type de stratégie que défend Dany Dietmann. Écoutons-le lors d'une conférence donnée le 14 avril 2006 à Plouvien, en Bretagne : « Alors que nous glissons imperceptiblement de la gestion de l'abondance apparente des ressources naturelles vers la gestion de la pénurie de ces mêmes ressources, la notion de déchets se trouve reléguée *de facto* au magasin d'accessoires du siècle passé. Dans un contexte d'évolution durable [...], le déchet doit laisser sa place aux produits résiduels porteurs de valorisation matière par le recyclage, et générer une économie des produits pour éviter d'une part le pillage prématuré de notre supermarché planétaire, et d'autre part la contamination de notre environnement respiratoire, de nos eaux et de nos aliments. »

À Manspach, Dany Dietmann a fait ses preuves. La communauté a opté pour une récupération alternée du papier, du plastique, du verre, et une stratégie de compostage individuel pour les déchets organiques. Puis a suivi le mécanisme de la « pesée embarquée », chaque ménage payant sa facture d'enlèvement des ordures en fonction du poids de ses résidus. Les résultats n'ont pas tardé. Entre 1986 et 2004, les déchets par habitant et par an sont passés de 375 à 103 kilos, avec une répercussion proportionnelle sur la facture de chacun.

Dany Dietmann, on l'aura compris, est un écologiste. Il préside le Centre d'initiation à la nature et à l'environnement (CINE) du Sundgau, dans le Haut-Rhin. S'il accepte le principe des décharges dès lors qu'elles ne reçoivent que les déchets ultimes et sont convenablement contrôlées, sa position est franchement hostile aux usines d'incinération des ordures ménagères.

Ces usines mettent en œuvre une stratégie toute différente. Les déchets alimentent une activité économique lucrative dont les coûts sont répercutés, par le biais de la taxe ou de la redevance, sur les ménages qui les produisent. Brûlés en incinérateur, ils fournissent de la chaleur à des industriels ou à des collectivités locales. Plus question, dès lors, de réduire le volume des ordures ; plus question non plus d'encourager des filières de recyclage des plastiques dont le potentiel calorifique est un facteur positif pour le fonctionnement de l'incinérateur. En éliminant le plastique des déchets incinérés, il deviendrait nécessaire de compenser ce retrait par un apport de fioul ou de gaz naturel afin d'obtenir une bonne combustion. Les marges bénéficiaires de l'usine en seraient réduites d'autant.

Malheureusement, l'incinération des plastiques et autres déchets entraîne la dispersion de dioxines dans les fumées rejetées par les incinérateurs. L'Union européenne s'est saisie de ce problème et a édicté des normes draconiennes, ce qui a conduit à la fermeture de nombreux incinérateurs suspects d'émettre des dioxines cancérigènes et autres molécules de « perturbateurs » endocriniens. Comme les pesticides, celles-ci « féminisent » la nature et diminuent insidieusement chez l'homme le stock de ses spermatozoïdes[1]. Récemment, le professeur Viel a dénoncé la présence de dioxines et une augmentation des cancers des ganglions à proximité de l'usine d'incinération de Besançon, pourtant respectueuse des nouvelles normes rendues obligatoires depuis le 28 décembre 2005[2].

Certes, il ne saurait être question de fermer brutalement des incinérateurs de construction récente et mis aux normes. Mieux vaut, en revanche, les éviter dans les stratégies de gestion des déchets pour le futur. Ici apparaît une des caractéristiques du développement durable ; chaque entreprise, chaque collectivité doit mener simultanément deux approches : d'une part, valoriser au mieux les équipements dont elle dispose, s'ils ne sont ni suffisamment obsolètes ni suffisamment dangereux pour être mis hors service ; mais, d'autre part, ne favoriser pour le futur que les stratégies les plus conformes aux exigences du développement durable : le recyclage, le compostage des matières organiques, l'éventuelle transformation des déchets fermentescibles en biogaz, comme font les Allemands, et la mise en décharge contrôlée des déchets ultimes.

L'idéologie ultraproductiviste des Trente Glorieuses

---

1. Cf. J.-M. Pelt et G.-E. Seralini, *Après nous le déluge*, Flammarion-Fayard, 2006.

2. J.-F. Viel, in *Environmental Science and Technology*, vol. 40, n° 7, 2006.

postulait que la Terre était à la fois un réservoir de matières premières et un dépotoir à déchets. Ici des mines épuisées, là des décharges sauvages. Dans la perspective du développement durable, au contraire, se superposent deux approches complémentaires : le recyclage, qui réduit les prélèvements sur les ressources de la planète, et l'utilisation la plus économe de ces mêmes ressources. L'économie est donc désormais à prendre dans le sens de « faire des économies » !

C'est exactement la stratégie qu'a adoptée la communauté urbaine de Lille à l'initiative de son vice-président, Paul Deffontaine : 65 % du million d'habitants de la collectivité pratique la collecte sélective. Du coup, 50 % des ordures sont détournées de la poubelle. Neuf déchetteries fonctionnent et recyclent, pour les plus performantes, 80 % des déchets. Un centre de valorisation organique doit produire prochainement du méthane à partir des déchets verts ; il alimentera en biocarburant une flotte de cent bus. Quant aux résidus solides, le digestat, ils représenteront 35 000 tonnes de compost. Au final, moins de 10 % des déchets initiaux iront à la décharge en 2008. L'unique incinérateur de l'agglomération lilloise restera en service, mais n'apparaît plus, désormais, comme la première des priorités. Exemple à suivre...

20

Les chiffonniers d'Emmaüs,
les portables... et les grands singes

Février 1954. Il fait un froid à pierre fendre. Soudain, la France se mobilise. L'abbé Pierre a lancé son appel sur Radio-Luxembourg : « Mes amis, au secours... Une femme vient de mourir gelée cette nuit, à 3 heures, sur le trottoir du boulevard Sébastopol, serrant sur elle le papier par lequel, avant-hier, on l'avait expulsée... Il faut que ce soir même, dans toutes les villes de France, dans chaque quartier de Paris, des pancartes s'accrochent sous une lumière, dans la nuit, à la porte de lieux où il y ait couvertures, paille, soupe, et où l'on lise sous ce titre : "Centre fraternel de dépannage", ces simples mots : "Toi qui souffres, qui que tu sois, entre, dors, mange, reprends espoir ; ici on t'aime." » C'est l'insurrection de la bonté.

En 1949, l'abbé Pierre, alors député de Meurthe-et-Moselle, habite à Neuilly-Plaisance une petite maison qu'il retape. Il y accueille un ancien bagnard gracié qui, de retour chez lui, a trouvé son foyer occupé par un autre, et tenté de se suicider. C'est là, dit l'abbé Pierre, qu'Emmaüs a commencé. Des hommes à la

dérive sont accueillis. Emmaüs trouve ses marques.
L'association militera pour que chacun puisse avoir un
toit dans cette France de l'après-guerre où l'effort de
reconstruction stagne et où les sans-logis se multiplient. Des centres d'accueil pour héberger les blessés
de la vie sont créés. Ils visent l'autonomie financière
afin de ne pas avoir recours aux subventions. Pour
cela, les Compagnons vont devenir les « Chiffonniers
d'Emmaüs » : on collecte les vieux papiers de maison
en maison, on pratique le vide-grenier. L'idée du
« tri » est née. De son côté, sœur Emmanuelle anime
avec l'ardeur qu'on lui connaît le mouvement des
petits chiffonniers du Caire.

L'abbé Pierre a la fibre écologique. Son père déjà
s'occupait de l'accueil des clochards. En 1931, il est
entré dans l'ordre des capucins, attiré par la spiritualité
de François d'Assise, patron de l'écologie. L'écologie,
il la sert en aval des processus de production et de
consommation, au niveau du traitement des déchets.
L'idée que les déchets puissent connaître une seconde
vie est nouvelle à l'époque. Hormis pour quelques bro-
canteurs, tous les déchets vont alors encore à la
décharge.

Aujourd'hui, Emmaüs est présent partout dans le
monde. Chacune des communautés développe ses initiatives et assure son autonomie. Le souci de renforcer
la cohésion dans l'action et de prendre en compte la
grande diversité de ses formes d'intervention a conduit
Emmaüs-France à s'organiser en trois branches : la
branche communautaire, la branche action sociale et
logement, la branche économie solidaire et insertion.
C'est au sein de cette dernière que s'est développée

l'aptitude à trier et à recycler. Et pas seulement vieux chiffons et vieux papiers : les multiples productions issues des nouvelles technologies sont entrées elles aussi sur le marché du recyclage. Ainsi des téléphones portables.

La « mobilité de ces mobiles », qui offrent chaque année de nouveaux services à leurs acquéreurs, entraîne des mises au rebut massives. On estime que 19 millions de portables sont renouvelés chaque année en France. Ces renouvellements ont lieu en moyenne tous les dix-huit mois. La plupart des Français ne savent que faire de leur ancien téléphone ; ils le gardent chez eux ou bien le mettent à la poubelle.

Emmaüs a eu l'idée de développer à l'égard des portables les stratégies qui ont si bien réussi pour la récupération et la remise à neuf de meubles ou d'appareils ménagers. Pour atteindre le grand public, le mouvement de l'abbé Pierre s'est adossé à la FNAC, comme il l'avait fait pour collecter les cartouches d'imprimantes usagées. Des bornes de collecte sont installées dans tous les magasins de l'enseigne, à l'image des points de récupération des piles. N'importe qui peut y jeter son vieux téléphone. Mais où va-t-il aboutir ?

Les ateliers du Bocage font partie de la trentaine d'entreprises d'insertion nées du mouvement Emmaüs. Ils se sont spécialisés dans le recyclage des déchets industriels : cartouches d'imprimantes ou engins informatiques ; 551 tonnes de matériel informatique ont ainsi été récupérées en 2005. Une autre société d'Emmaüs, Triem, se charge de la réparation des mobiles et épaule les ateliers du Bocage. Toutes deux sont des entreprises d'insertion employant des personnes en difficulté. Une fois collectés, les portables sont triés. Certains modèles, vieux d'un an et demi à trois ans, sont réparés ou revendus en l'état dans les bric-à-brac d'Emmaüs (115 communautés en France). Mais une bonne partie est envoyée à d'autres entités Emmaüs à l'étranger, notamment en Afrique et en Amérique latine, afin d'y être revendue à bas prix. Les mobiles sont d'autant plus recherchés dans les pays émergents qu'il est souvent difficile d'y obtenir une ligne téléphonique fixe. D'autres sont démantelés et leurs éléments sont autant que possible valorisés en réutilisant par exemple les plastiques ou les composants électroniques. Le reste enfin est détruit.

Qu'il s'agisse d'ordinateurs ou de téléphones, les portables ne font pas seulement problème en fin de vie. En amont, au niveau des matières premières nécessaires à leur fabrication, ils ont un impact inattendu sur la biodiversité. Il apparaît ainsi qu'il y aurait une certaine incompatibilité entre leur expansion massive et la survie des grands singes ! Qu'est-ce à dire ?

Au Congo, où les populations de gorilles des montagnes se réduisent comme peau de chagrin, les quelque six cents gorilles restants sont directement menacés par l'exploitation forestière et minière. Cet immense pays dispose en effet de ressources importantes en métaux rares et précieux, dont le tantale, métal dur et résistant nécessaire à la fabrication des portables. Or l'exploitation de son minerai, le coltan, se fait dans des conditions désastreuses, au détriment de la forêt qui part en lambeaux et où les gorilles ne se « retrouvent » plus. Les gorilles de la République démocratique du Congo ne sont pas les seuls menacés : ceux de l'Ouganda et du Rwanda ne sont pas logés à meilleure enseigne.

Que se passe-t-il donc au Congo ? Les mineurs misérables et mal payés extraient le coltan à leurs risques et périls, car les accidents dans ces mines sont nombreux et dévastateurs. Ils n'hésitent pas à se nourrir de « viande de brousse », souvent prélevée sur des animaux protégés dans des parcs et réserves, dont notamment les gorilles. Les okapis, proches parents des girafes, sont eux aussi recherchés. Chimpanzés et bonobos n'échappent pas non plus aux effets du braconnage, de sorte que les quatre espèces de grands singes, nos cousins les plus proches, sont toutes en sévères difficultés. En effet, la quatrième, les orangs-outans, vivant à Bornéo et à Sumatra, est aussi directement menacée par le massacre des forêts surexploitées dont les surfaces se réduisent comme peau de chagrin. Ainsi, 80 % des forêts abritant des orangs-outans dans les deux grandes îles indonésiennes ont disparu au cours des vingt dernières années. Or l'orang-outan ne peut vivre sans la forêt. Il en subsiste encore environ 27 000 aujourd'hui. Qu'en sera-t-il demain ?

Si la sensibilité écologique toujours plus développée en Occident tend à multiplier les pressions sur les pays du Sud pour qu'ils protègent leur biodiversité, il n'en va pas de même chez les populations indigènes, pour qui ces animaux sont plus des butins de chasse que des valeurs patrimoniales. Il faudra du temps pour que la conscience écologique, qui fut lente à se développer chez nous, atteigne les Africains affamés et dénués de tout. Il en va pourtant de l'avenir de nos cousins sur l'arbre de l'évolution, un avenir que les spécialistes considèrent comme bien sombre.

Qui eût cru à une quelconque relation entre une communication téléphonique du style « T'es où ?... » et la survie des grands singes ?

SEPTIÈME PARTIE

Exemplaires et pourtant si différents

21

Lafarge ou le ciment durable

Lorsqu'un quidam soucieux de s'informer s'adresse aux cimenteries Lafarge pour connaître leur implication dans le développement durable, la documentation que lui adresse cette multinationale le laisse d'abord perplexe. Mais, en décortiquant ces documents, il découvre l'ampleur des actions mises en œuvre dans les 75 pays où cette entreprise est implantée.

Les cimenteries Lafarge, fondées en 1833, ne comptent pas moins de 83 000 employés de par le monde. Elles produisent des matériaux de construction – granulats servant à faire du béton, ciment, plâtre, matériaux pour toitures[1] – destinés aux professions du bâtiment et des travaux publics. Bertrand Collomb, P-DG du groupe, a su en faire le premier cimentier mondial.

Grand capitaine d'industrie, Bertrand Collomb n'est pas un rêveur. Pourtant il n'a pas hésité à se mêler aux écologistes au Sommet de la Terre de Rio, en 1992.

---

1. Lafarge a récemment décidé de se dessaisir du secteur d'activité « toiture » ; cf. *Le Figaro*, 23 juin 2006.

Dans un entretien [1], il a confié ne pas apprécier « cette espèce de culte druidique de la planète Terre » qui mériterait, à ses yeux, des appréciations plus rationnelles. « Il y aura toujours, dit-il, des gens qui pensent que les Indiens de la forêt amazonienne étaient plus heureux que les Français le sont maintenant à l'ère industrielle. » Lui n'en est pas, semble-t-il, convaincu. Lorsqu'il rencontre sœur Emmanuelle, il se dit fasciné « parce qu'elle est précisément ce que je ne suis pas, c'est-à-dire absolument pas chef d'entreprise, avec une conscience totalement libre ». Bref, Bertrand Collomb, qui croit aux bienfaits de la mondialisation, répond assez mal aux critères de la vulgate écologique. Mais lorsqu'un philosophe lui déclare que « l'entreprise n'a pas de morale, et les actionnaires vous demandent de gagner le maximum d'argent : c'est ce que vous devez faire », il réagit violemment. Car il ne voit pas pourquoi les actionnaires qui cultivent des valeurs personnelles ne pourraient pas demander aux chefs d'entreprise d'avoir eux aussi des principes. Certes, à l'époque, ce langage paraissait quelque peu angélique. On était encore loin des « fonds éthiques » investis dans des entreprises environnementalement et socialement responsables, excluant le tabac, la pornographie, l'armement, le nucléaire, etc.

De retour de Rio, convaincu qu'il fallait désormais tout faire autrement, ce qu'il pensait déjà depuis longtemps, Bertrand Collomb a créé le World Business Council Found for Sustainable Development, où il a

---

1. P. Delaporte et T. Follenfant, *Développement durable : 21 patrons s'engagent*, Le Cherche midi, 2002.

été rejoint par un certain nombre de P-DG, notamment européens.

Bertrand Collomb a très tôt compris qu'une entreprise de cimenterie, forcément prédatrice pour la nature et de surcroît source de fortes émissions de gaz à effet de serre, ne serait plus socialement tolérée par les populations riveraines, soucieuses de la qualité de la vie et de l'environnement. Il allait désormais falloir être exemplaire et associer les populations, les associations, les autorités responsables, les scientifiques à l'élaboration, à la mise en œuvre et au suivi des projets industriels. En n'importe quelle partie du monde, plus de carrière ou de gravière qui n'ait fait au préalable l'objet d'une minutieuse étude d'impact, d'un plan d'exploitation écologiquement correct, d'un plan de réaménagement après exploitation.

Les actions de Lafarge concernant le développement durable s'exercent dans tous les domaines. En mars 2000 il a passé un accord de partenariat mondial avec le WWF, qui a été renouvelé au début de 2005 au vu des résultats obtenus.

En novembre 2001, Lafarge prend l'engagement de réduire de 20 % ses émissions de gaz carbonique par tonne de ciment produit durant la période 1990-2010, objectif nettement supérieur aux exigences du protocole de Kyoto. Cet engagement doit être tenu grâce à l'amélioration de l'efficacité énergétique et à l'ajout au ciment de composants minéraux tels que laitiers et cendres volatiles issues de la sidérurgie, moins producteurs de gaz carbonique. Un objectif considéré cependant comme trop optimiste par le WWF qui, par un mode de calcul quelque peu différent, l'évalue à 10 %, ce qui n'empêche pas pour autant cette grande association écologique d'accueillir Lafarge dans son programme international *Climate Savers*. De même, en améliorant la technologie de ses engins de broyage utilisés pour la fabrication du ciment, l'entreprise a réduit sa consommation électrique. Lafarge recycle aussi dans sa propre production les résidus d'autres entreprises jadis mis en décharge. Par exemple des gypses (plâtre) résultant de la désulfurisation du charbon et du fioul dans les centrales électriques. Mais aussi des déchets combustibles tels que pneus, bois, papiers, résidus de broyage des automobiles, huiles usagées, etc., sont réemployés dans les usines du groupe. Cependant ils ne sont introduits dans les fours où le calcaire est grillé pour donner du ciment qu'après avoir passé avec succès une batterie de contrôles et être jugés conformes aux normes en vigueur. Bref, les économies de combustibles et d'électricité, la réduction des émissions de gaz à effet de serre et le recyclage de déchets d'autres branches d'activité constituent autant d'enjeux majeurs pour Lafarge.

L'entreprise apporte aussi un soin particulier à la restauration des sites et des paysages que l'extraction des matériaux nécessaires à ses productions peut avoir gravement défigurés. Plus question désormais d'ouvrir une carrière sans présenter d'emblée un projet ultérieur de réaménagement. Ce projet est élaboré en concertation avec toutes les parties prenantes : communes, administrations, propriétaires, associations. Les moyens financiers nécessaires à ces réaménagements sont d'emblée clairement identifiés et provisionnés. Ces plans ne sont pas figés, ils pourront être rediscutés

au fur et à mesure de l'évolution du site et des deside-
rata des parties concernées. Chaque fois que faire se
pourra, les opérations de réaménagement se dévelop-
peront au fur et à mesure de l'exploitation de la carrière, les deux opérations étant coordonnées. Pour que
le dialogue soit permanent, des commissions locales
d'information et de suivi sont créées avec tous les
intéressés, et pour illustrer les plans d'aménagement
paysagers, des outils adéquats sont mis en œuvre :
maquettes, vidéos, logiciels, etc. Afin que ces stratégies aboutissent à un réaménagement écologique, des
partenariats avec des associations de protection de la
nature ou de chasseurs sont souvent indispensables.
En fait, chaque carrière ou gravière fait l'objet d'un
programme de réaménagement qui lui est propre, en
fonction de ses caractéristiques écologiques.

À Villeton, en Lot-et-Garonne, une ancienne carrière de 7 hectares va intégrer le périmètre protégé
d'une réserve naturelle où l'on trouvera la fameuse
cistude, cette tortue d'eau douce en voie de disparition.
Sur le site de l'ancienne carrière de Sandrancourt, dans
les Yvelines, un réaménagement coordonné à l'exploitation a permis de circonscrire une zone humide à
vocation écologique de 36 hectares, cédée à l'Agence
des espaces verts de la région Île-de-France afin d'être
protégée de toute urbanisation. Ailleurs, ce sont des
étangs, des zones de chasse et de pêche, des ports de
plaisance, des bases de loisirs qui ont vu ou verront le
jour sur les sites de ces carrières. À Créteil, un véritable centre urbain, avec ses logements et ses équipements, est né sur les 700 hectares d'une ancienne
carrière. Naturellement, dans bon nombre de cas, des

aménagements forestiers et agricoles sont réalisés : on y pratique cultures ou élevages extensifs, témoignant de ce que sera sans doute l'agriculture de demain. Dans les landes, les prairies ou les forêts reconstituées, un suivi écologique minutieux est mis en place.

La gestion de l'eau est également une préoccupation essentielle dans laquelle le savoir-faire de l'entreprise est bien maîtrisé. La prévention et la gestion des inondations ont été à l'origine de plusieurs réalisations, comme la création de champs d'expansion ou de bassins d'écrêtement des crues. Quant à la protection de la ressource en eau potable, elle résulte de la mise en exploitation de captages dans des plans d'eau issus de l'exploitation des carrières.

L'extraction des minerais permet souvent la mise au jour de données géologiques ou archéologiques importantes. À Chevrières, dans l'Oise, un gisement d'ambre fossile a été découvert, vieux de 55 millions d'années, où des insectes et autres animaux ont été piégés dans la résine fossilisée.

Le fascicule consacré par Lafarge à ses actions en matière de développement durable dans ses usines du monde entier ne comporte pas moins de cent neuf initiatives visant au réaménagement des carrières, aux économies de ressources, à la protection de l'air, à la réduction des nuisances, à la protection de l'eau, aux économies réalisées en matière de transport (en favorisant, chaque fois que faire se peut, le rail et surtout les voies fluviales), au patrimoine, à l'architecture et enfin à la mise au point de produits innovants. Véritable inventaire à la Prévert où les exigences du développement durable ne paraissent pas « ontologiquement » incompatibles avec le libéralisme, à charge pour celui-ci d'édicter des règles et des normes à l'intérieur desquelles des initiatives innovantes et éthiques peuvent voir le jour.

Dans ce vaste tour du monde, chaque usine présente ses initiatives. Ici on prend en compte la protection de la biodiversité, thème récurrent sur l'ensemble des sites Lafarge. Par exemple, à Rahmstorf, en Allemagne, on prend un soin particulier à la nidification d'une hirondelle rare, l'hirondelle de rivage, qui niche chaque année dans la carrière. Ces hirondelles reviennent d'Afrique tropicale à la fin avril et creusent des terriers dans la carrière qui fournit du sable à la fabrique de tuiles en béton de Rahmstorf. Les parois occupées par les hirondelles sont laissées intactes jusqu'à leur départ, fin juillet. Toutefois, l'extraction n'est pas interrompue, mais elle se poursuit ailleurs tout en veillant à éviter de déranger les oiseaux.

À Bamburi, au Kenya, l'ancienne carrière de la cimenterie a été réaménagée en parc naturel, précieux refuge pour la biodiversité. Le sol a été reconstitué par les feuilles mortes d'espèces végétales pionnières qui ont généré de l'humus. Puis bon nombre d'espèces typiques de la forêt indigène côtière ont été réintroduites, ainsi que des espèces arborescentes à valeur économique : iroko et autres bois d'œuvre. Le milieu ainsi régénéré sert de refuge à une faune indigène dont les populations sont attentivement suivies. Au total, 422 espèces végétales ont été introduites dans les écosystèmes forestiers et les prairies recréés parmi les anciennes carrières de Bamburi. Parmi celles-ci, 30 espèces figurent sur la liste rouge de l'Union internationale pour la conservation de la nature (UICN) en tant qu'espèces menacées.

À Texas Quarry, aux États-Unis, l'ancienne carrière est devenue le Limestone Valley Park. Les paysages qui ont été entièrement reconstitués abritent des plans d'eau où perches, truites et castors se sont réinstallés.

À ces trois exemples de réaménagements écologiques soignés on peut en ajouter bien d'autres en considérant les diverses thématiques du développement durable. Ainsi des économies d'énergie, comme dans ces récupérateurs de chaleur de l'usine d'Orimattila, en Finlande. On y fabrique des tuiles en béton qui, pour durcir, doivent séjourner huit heures dans une étuve à 55 °C. L'air chaud et humide qui s'échappe lors de l'ouverture de l'étuve peut dégrader les conditions de travail, d'où la mise en place d'un extracteur qui permet d'évacuer cet air avant l'ouverture des portes. La chaleur de l'air évacué est récupérée, puis recyclée pour réchauffer celui qui pénétrera de nouveau dans l'étuve. Résultat : un taux de récupération de la chaleur supérieur à 60 %.

À Kanda, au Japon, les farines animales provenant des équarrissages sont interdites à la consommation par les animaux et doivent être éliminées. Ces farines sont brûlées dans les fours producteurs de ciment. Transportées en camions hermétiquement clos depuis l'usine d'équarrissage jusqu'à la cimenterie, elles suivent un circuit entièrement fermé. Puis elles sont injectées dans la flamme du four sans que les employés les touchent et sans qu'aucun résidu s'échappe dans l'environnement.

Dans le domaine de la protection de l'air et de la

réduction des nuisances, une cimenterie moderne a été construite à Dujiangyan, en Chine. Cette usine présente des performances environnementales bien au-delà des normes locales requises. Il s'agit de faire face, dans le Sichuan, à un marché du ciment qui croît de 10 % par an. Les émissions de poussières et le bruit sont réduits de manière drastique, et les eaux entièrement recyclées. La bande transporteuse du calcaire de la carrière, longue de 6 kilomètres, emprunte 3 kilomètres de tunnel, et le transport du ciment s'effectue par train grâce à la connexion de l'usine au réseau national.

À Cantagalo, au Brésil, vient d'être construite une autre usine très propre, lovée dans des espaces verts : c'est la plus fleurie du groupe. Toutes les pistes y sont couvertes de béton pour éviter la poussière et un effort particulier a été déployé en matière de sécurité.

À Davenport, aux États-Unis, la cimenterie est située en bordure du Mississippi et expédie une partie de sa production par voie fluviale. Anticipant sur un projet destiné à dépolluer le fleuve, douze employés de Lafarge se sont engagés à en entretenir une portion en veillant à la qualité de l'eau – pratique courante aux États-Unis où de nombreux tronçons de voies d'eau sont « adoptés » par des bénévoles qui les nettoient et les entretiennent. L'équivalent de plusieurs conteneurs de déchets a été ainsi collecté par ces volontaires sur les rives du Mississippi. Une péniche échouée a été démontée et le personnel de l'usine s'est ainsi senti fortement sensibilisé aux questions d'environnement.

À Huabei, en Chine, l'usine recycle ses eaux usées

et diminue ainsi sa consommation pour l'arrosage des espaces verts qui l'environnent.

À Tasaul, en Roumanie, les contraintes locales exigeant le transport par route, une piste a été créée pour éviter le passage des camions par le village de Luminita. Les habitants de cette bourgade bénéficient d'une réduction du bruit et des poussières, tandis que le coût du transport a été diminué, puisque le trajet s'en est trouvé raccourci de moitié.

Enfin Lafarge s'est engagé dans la production de produits innovants. Au Japon, c'est la mise au point d'un nouveau type de ciment commercialisé en sacs et n'émettant aucune poussière grâce à un traitement au téflon, ce qui améliore sensiblement les conditions de travail des ouvriers. Les usines Lafarge produisent aussi un béton innovant qui permet de créer des structures allégées et d'utiliser moins de matières premières : c'est le ductal. Très résistant aux corrosions, il a la capacité de se déformer sans se rompre, avec une résistance à la compression supérieure de six à huit fois à celle du béton ordinaire. Du coup, le ductal permet de réduire, voire de supprimer les armatures classiques en acier du béton armé et de consommer ainsi moins de ressources naturelles.

Si ce parcours sélectif dans plusieurs usines du groupe a pu paraître long, il nous semble avoir le mérite de mettre en scène de multiples approches relevant toutes des stratégies innovantes impliquées par une forte mobilisation dans le développement durable. Plutôt qu'une laborieuse énumération de stratégies et de pratiques, il nous a semblé préférable de mettre en scène des exemples concrets où des résultats probants avaient déjà été obtenus.

Ce que fait Lafarge, d'autres multinationales le font également ; ainsi, par exemple, les usines pharmaceutiques Johnson & Johnson, très impliquées elles aussi dans le développement durable. La preuve est faite qu'il est possible, dans le monde industriel, d'aller beaucoup plus loin que le seul respect des réglementations en vigueur, et de précéder un mouvement qui devrait s'amplifier dans le futur.

Le monde industriel est très sensible à la cohérence sur le long terme des stratégies proposées en matière de développement durable par les politiques. C'est à cette condition qu'il peut réaliser des investissements productifs n'obérant en rien sa compétitivité et permettant de réhabiliter l'image parfois négative de l'industrie. Gravières, carrières, cimenteries entraînent par la force des choses une forte prédation des paysages et de nombreuses nuisances. Sans ces stratégies musclées, leur acceptabilité sociale rendrait leur implantation impossible. En inversant leur démarche, en associant tous les acteurs, ces industries ont pu, comme dans le cas des cimenteries Lafarge, modifier leur image et contribuer activement à la réhabilitation du patrimoine. Elles apportent ainsi la preuve que la perte de biodiversité, la dégradation des sites et des paysages ne sont pas un phénomène irréversible, et que de courageuses actions de reconquête sont de nature à les revivifier et à les restaurer.

Enfin, les pays du Sud ne sont pas oubliés et cessent d'apparaître comme les dépotoirs de ceux du Nord. Il est significatif qu'une attention toute particulière leur soit portée dans les projets d'aménagement que le groupe développe dans ces régions aux économies émergentes. Le modèle de croissance traditionnel tel que l'a pratiqué l'Occident en se conformant à sa vieille culture industrielle peut être fort heureusement remplacé par de nouvelles voies de développement, plus économes et moins destructrices. Le monde courrait à sa perte si les pays émergents se contentaient de copier servilement nos vieux modèles. C'est bien ce qui nous inquiète dans le cas de l'Inde et de la Chine. À nous de modifier notre image et nos pratiques. À nous de réussir la révolution du développement durable, afin d'offrir aux peuples émergents d'autres modèles et d'autres solutions.

La société Batigère, basée à Metz, peut offrir une belle alternative. Ce groupe immobilier est parvenu à créer une heureuse synergie entre développement social et développement durable. Le soin porté à l'habitat et à son intégration dans les quartiers est remarquable et les charges supportées par les locataires ont été réduites en fonction des économies d'énergies réalisées. Mais c'est dans la dimension sociale que Batigère atteint l'excellence en développant un important effort de formation sur la qualité des relations humaines dans l'entreprise et avec ses locataires et autres partenaires. On y attache une importance particulière aux valeurs humanistes. Pas étonnant qu'une des sociétés qui composent le groupe en Bourgogne porte le beau nom de Logivie.

22

La mutualité : une forme d'économie durable.
L'exemple de la MAIF

Dans un livre volumineux et documenté consacré à
la MAIF (la Mutuelle Assurance des instituteurs de
France)[1], une citation de Pierre Joseph Proudhon est
mise en exergue : « Ne faites pas aux autres ce que
vous ne voudriez pas qu'on vous fît, faites constamment aux autres ce que vous voudriez en recevoir. »
Proudhon reprenait à son compte la fameuse « règle
d'or » figurant pratiquement mot pour mot dans les
livres sacrés de tous les grands courants spirituels de
l'humanité, comme l'a noté le grand écologiste français René Dubos[2]. On la trouve par exemple au chapitre 7, verset 12, de l'Évangile de Matthieu : « Ainsi
tout ce que vous voulez que les autres fassent pour
vous, faites-le vous-mêmes pour eux. » Il est extrêmement significatif qu'un organisme d'économie sociale
comme la MAIF l'ait adoptée.

L'histoire de cette mutuelle est une véritable

---

1. M. Chaumet, *MAIF : l'histoire d'un défi*, Le Cherche midi,
1998.

2. R. Dubos, *Choisir l'être humain*, Denoël, 1974.

success story à la française. Dotée d'une particularité, toutefois : elle ne s'inscrit pas dans les normes et les pratiques du capitalisme, qui se doit, dans toute entreprise, de générer des profits. Car les mutuelles ignorent ce concept. Elles ne se contentent pas seulement de mettre en œuvre le concept de compétitivité, même si elles se doivent d'être compétitives vis-à-vis des entreprises capitalistes présentes sur les marchés dans les mêmes secteurs d'activité ; elles se fondent d'abord sur le principe de solidarité qui lie entre eux tous leurs membres selon la devise des Mousquetaires : « Un pour tous, tous pour un ! »

Nous sommes dans les années 1930, entre les deux guerres ; la tension est forte entre une gauche laïque et républicaine, à laquelle adhère massivement le monde de l'école, et une droite schématiquement représentée par les maîtres de forges, l'Église et l'armée. C'est au cœur de cette gauche très engagée que naît l'idée de créer un système d'assurance au profit des instituteurs. Pour cela, ces derniers n'hésitent pas à damer le pion aux grandes compagnies d'assurances, génératrices de substantiels profits. L'une des premières initiatives du groupe des militants fondateurs, basés essentiellement dans le centre-ouest de la France et menés par Edmond Proust et Fernand Gros – on relèvera ces prénoms, bien de leur époque –, consiste à mener une enquête auprès des instituteurs de leur région. Elle aboutit à un surprenant constat : en quatre ans, de 1929 à 1933, les compagnies d'assurances ont encaissé des instituteurs 250 000 francs de prime pour l'assurance-automobile au tiers. Or, en dix ans, de 1923 à 1933, les sinistres imputables à ces mêmes instituteurs furent si peu nombreux qu'ils ne firent débourser à ces mêmes compagnies d'assurances privées qu'une somme d'environ 10 000 francs. Disproportion énorme, due au fait que les instituteurs conduisaient bien. Comment, dès lors, ne pas imaginer que ces enseignants militants ne tentent de prendre en charge leurs propres assurances ? Ils encaisseront de leurs assurés des primes bien plus modestes sans que, pour autant, le service rendu s'en ressente.

Soixante-dix ans plus tard, les idées des fondateurs sont strictement respectées. Tout distingue encore aujourd'hui la mutuelle de ses concurrents traditionnels ; en particulier, la place que tient le sociétaire, au cœur des préoccupations de la mutuelle. À la MAIF, on ne sacrifie pas au dieu Argent. Elle est pourtant devenue une entreprise solide et reconnue, forte de plus de 2 millions d'adhérents. Mais revisitons son histoire.

La crise économique qui frappe la France dans le sillage des États-Unis au début des années 1930 entraîne une réaction musclée du président du Conseil de l'époque, Pierre Laval. Le climat de récession sociale qui résulte de cette cure d'austérité drastique n'est sans doute pas étranger à l'émergence de l'idée de s'orienter vers un autre type d'organisation sociale : les mutuelles. L'instituteur, considéré par ce gouvernement de droite comme l'ennemi public de l'ordre moral, sera le fer de lance de ce type d'initiatives. Ces militants sont fortement portés par l'idée, très présente à l'époque, de laïcité, et aussi par l'idéal de la franc-maçonnerie à laquelle appartiennent la plupart d'entre eux.

L'acte fondateur de la MAIF est signé à Fontenay-le-Comte, premier siège social de l'institution, le 16 mai 1934. Plus tard, après bien des palabres, la ville de Niort sera choisie à son tour comme siège ; elle l'est toujours. Niort est devenue depuis lors un foyer très vivant en matière d'économie sociale et solidaire, avec l'implantation de plusieurs autres mutuelles. À la MAIF, très vite, les adhérents se multiplient ; ils sont 301 au départ ; 1 400 à la fin de l'année 1934 ; le cap des 5 000 est atteint dès 1935 ; puis celui des 10 000 en 1936. En 1939, ils dépassent les 30 000 et sont 35 000 au début de la guerre de 40. Preuve qu'une entreprise n'a pas forcément besoin de s'inscrire dans les normes et les principes capitalistes pour croître et prospérer.

Les référents idéologiques et éthiques de la jeune mutuelle se fondent sur quatre principes :

— D'abord, supprimer les intermédiaires pour réduire les coûts. Les assurés sont leurs propres assureurs ; ils pratiquent la vente directe des contrats d'assurance en s'appuyant sur un réseau de militants groupés autour de correspondants départementaux, selon un type d'organisation qui fonctionne toujours aujourd'hui. Point d'agents commissionnés payés au pourcentage sur chaque police. Les syndicats d'enseignants, puissants dans ces professions, offrent les gros bataillons d'instituteurs engagés dans l'aventure.

— Le deuxième principe est le refus du profit. La mutuelle est la propriété de ses adhérents. Elle ne rémunère pas d'actionnaires.

— Le troisième principe est celui de solidarité. Si excédents il y a, ils seront redistribués à tous les sociétaires ; mais si des coups durs se produisent, la solidarité devra jouer en sens inverse et les cotisations seront revues en conséquence pour le cas où un quelconque déficit devrait être comblé. D'où le principe d'une cotisation variable.

— Enfin, le quatrième principe est le refus, par les promoteurs du système, de la réassurance comme dans les sociétés concurrentes. Soucieux de ne pas verser d'argent à des entreprises capitalistes dont ils tiennent absolument à se démarquer, les fondateurs jugent cette réassurance inutile pour une mutuelle qui s'adresse à des adhérents considérés *a priori* comme prudents de par la nature même de leur profession, qui postule une certaine éthique. Principe particulièrement audacieux pour une mutuelle encore toute jeune et pauvre en fonds propres, qui pouvait avoir à faire face à des risques élevés, difficiles à couvrir.

On notera que la MAIF est née dans cette région du Centre-Ouest où, selon la fameuse thèse d'André Siegfried, les mentalités seraient influencées par le substrat géologique. Selon cet auteur, les zones colorées en rouge sur les cartes géologiques de la France indiquent la présence de granit, mais aussi une sensibilité de droite. Or, sur les cartes politiques, la droite figure toujours en bleu. Même paradoxe pour les régions calcaires figurées en bleu sur les cartes géologiques ; elles correspondraient, selon la même thèse, à la France politiquement rouge... De fait, la plupart des instituteurs porteurs du projet mutualiste provenaient des régions sédimentaires « bleues » du Poitou et des Charentes où, de surcroît, le protestantisme s'est très tôt implanté, favorisant l'initiative personnelle et le libre arbitre. Dans ces régions, l'idéal mutualiste avait d'ailleurs largement précédé l'émergence de la MAIF puisque, dès 1885, des sociétés coopératives paysannes y avaient vu le jour.

À cette époque, le socialisme était encore proche de ses sources, à la recherche d'une vraie alternative au capitalisme. Celle-ci ne pouvait être à ses yeux que la mutualité dont, étrangement, les socialistes parlent si peu aujourd'hui, à l'exception de Michel Rocard, qui a consacré de pertinentes réflexions à ce propos [1].

Après une difficile traversée de la période de guerre, la MAIF s'est engagée sur le chemin d'un développement ininterrompu. Elle a multiplié les initiatives au service de ses adhérents en créant de nombreuses filiales et en s'engageant dans des domaines dépassant largement le cadre de la seule assurance automobile. Elle attache une attention particulière à l'assistance immédiate au service de ses assurés, démentant le lieu commun selon lequel on ne serait convenablement servi que par les entreprises privées dont la quête de profit stimulerait le zèle. Faut-il rappeler qu'entre l'entreprise privée, au demeurant fort respectable, et les services publics « à la française » mis à mal par la vague néolibérale, la mutualité offre un autre terme dont les principes ont aussi inspiré notre système de sécurité sociale, si injustement décrié de nos jours ?

Au cours de ses presque soixante-quinze ans d'âge, la MAIF a su se diversifier, s'adapter aux conditions nouvelles et aux nouveaux besoins exprimés par ses adhérents. Elle a su notamment s'engager avec vigueur

---

1. Voir la préface de M. Rocard au livre de J. Rifkin, *La Fin du travail*, La Découverte, 1997.

dans des programmes de prévention. Enfin elle a contribué à la naissance d'autres mutuelles.

Ainsi de la Mutuelle Assurance automobiles des artisans de France, dès 1950, qui connaît un succès grandissant et approche aujourd'hui les 2 millions d'adhérents. Son siège est à Chaban, sur la commune de Chauray, dans la proche banlieue de Niort. Conseils, documentation, personnel, la MAIF a tout prodigué à la MAAAF lors de son lancement. En 1961, celle-ci a perdu un A, le A d'« automobile », devenu trop restrictif dès lors que ses activités débordaient largement ce secteur. Un A que la MAAIF avait elle aussi supprimé de son sigle pour les mêmes raisons.

Après les enseignants et les artisans vint le tour des commerçants : en 1960 naquit la Mutuelle Assurance des commerçants et industriels de France (MACIF). En 1996, la MACIF était la première des mutuelles niortaises, avec 3,7 millions de sociétaires.

En 1961 naît à Rouen la première mutuelle non niortaise : la Mutuelle Assurance des travailleurs mutualistes (MATMUT), elle aussi fortement aidée au départ par la MAIF. Tous ses sociétaires sont adhérents à une mutuelle santé, autre branche du secteur mutualiste affiliée à la Fédération nationale de la mutualité française (FNMF). Elle compte près de 2 millions de sociétaires.

Enfin, en 1972, la donne revient à Niort avec la création de la Société mutuelle d'assurance des collectivités locales (SMACL). Mais celle-ci marche au ralenti, alors que ses quatre aînées ont avancé au triple galop. Il est vrai que nous sortons, en 1972, des Trente

Glorieuses, raison qui explique peut-être une expansion beaucoup plus lente de la dernière-née.

Pendant toutes ces années, on a débattu, au sein de la MAIF, des critères caractérisant une vraie mutuelle. En 1982, Jean Germain, alors président, en retient six qui permettent de définir de telles mutuelles en se référant à la jurisprudence du Conseil d'État. L'organisation et l'activité authentiquement mutualistes d'une société s'apprécient de la façon suivante : une mutuelle s'adresse à un groupe de sociétaires homogène (par exemple : les personnels de l'Éducation et de la Culture) ; elle ne rémunère aucun intermédiaire ou agent commercial pour proposer ses contrats ; les fonctions d'administrateur y sont gratuites ; les cotisations y sont variables et la mutuelle peut procéder à un appel de cotisations supplémentaires pour faire face à des dépenses imprévues ; elle redistribue ses excédents par le biais de ristournes et ne conserve que les sommes raisonnablement nécessaires à la couverture des risques assurés ; elle fonctionne de façon démocratique en diffusant une information qui permet au sociétaire de s'exprimer tant sur le plan local que national.

Aujourd'hui, de nouvelles menaces pèsent sur le secteur mutualiste avec l'arrivée des banques sur le marché de l'assurance. La montée en puissance de la « bancassurance » est un nouveau défi pour les mutuelles d'assurance. Gageons qu'elles le relèveront comme elles en ont relevé bien d'autres.

Mais, dira-t-on, en quoi tout cela relève-t-il du développement durable ?

D'abord, ce nouveau mode de développement n'est pas l'apanage du seul système libéral. Il doit mobiliser les forces vives du monde économique et social, mais aussi celles du monde politique et associatif. Il nous concerne tous. Or l'économie sociale et solidaire s'inscrit directement dans le principe de solidarité qui est l'essence même du développement durable. Celui-ci est fondé sur la répartition équitable des ressources entre tous les acteurs, autrement dit tous les humains vivant en notre temps, mais aussi entre notre génération et les générations futures. Ce qui postule la solidarité à ces deux niveaux, dans l'espace et le temps. Or c'est précisément le principe de solidarité qui guide les entreprises mutualistes. On conçoit, dans ces conditions, que les questions éthiques et morales soient continuellement débattues au sein d'un organisme comme la MAIF. Celle-ci a en effet imaginé un « arbre des valeurs » fournissant aux acteurs de la mutuelle un référentiel éthique commun, une culture d'entreprise débouchant sur des comportements conformes aux valeurs de la MAIF. Cet « arbre » a été élaboré au fil de nombreuses réunions de militants. L'éthique proposée repose sur des fondements philosophiques, parmi lesquels, fidèle à ses origines, la MAIF inscrit la laïcité, mais aussi la tolérance et le respect des personnes. Découle de ces principes éthiques une série de valeurs : la solidarité entre le cœur et la raison, la confiance, qui doit être méritée, et l'efficacité, qui impose d'offrir au sociétaire le meilleur de ce qu'il peut attendre de son assureur. Enfin, de cette éthique et de ces valeurs se déduisent les principes qui dictent le fonctionnement de l'entreprise, parmi lesquels on citera la disponibilité, l'équité, le respect mutuel, la transparence, l'engagement, mais aussi des valeurs économiques telles que réalisme, qualité des garanties et des services offerts, gestion rentable, coûts strictement maîtrisés.

La MAIF s'est aussi engagée dans la protection de la planète. Elle est partenaire de l'exposition de Yann Arthus-Bertrand sur le développement durable, diffusée dans 50 000 établissements scolaires. Organe des instituteurs, il était logique qu'elle privilégie l'école.

Une autre « vraie » mutuelle, la MACIF, qui partage les mêmes engagements éthiques que la MAIF, vient aussi de s'engager avec vigueur dans la problématique du développement durable. Le troisième chapitre de son projet mutualiste concerne spécifiquement cette thématique. De nouveaux contrats d'assurances sont proposés aux sociétaires roulant avec des véhicules propres, tandis qu'un projet vise à tenir compte, dans la prime assurance-habitation, de l'effort écologique développé dans la construction ou la gestion de l'habitat. Pour ses extensions, le groupe MACIF s'engage également à construire selon les normes HQE. Très attachée à la solidarité, elle a choisi ces mots pour promouvoir sa campagne de communication : « Pour la MACIF, la solidarité est une force[1]. »

Il est surprenant que, de nos jours, l'information publique ou privée se fasse exclusivement l'écho des performances et des « mariages » de multinationales exprimés en milliards d'euros ou de dollars, ainsi que des fluctuations de la Bourse rapportées en temps réel par les grands médias transcontinentaux tels que CNN.

---

1. *Projet mutualiste du groupe MACIF pour une économie humaine, solidaire et responsable* et *Rapport mutualiste 2005*, MACIF, 2-4, rue du Pied-de-Fond, 79037 Niort Cedex 9.

Au fur et à mesure que l'économie se concentre et se mondialise, que des géants toujours plus puissants, nés de fusions et d'OPA successives, amicales ou non, s'imposent bruyamment dans les médias, l'homme de la rue assiste, impuissant, à ce spectacle qui le dépasse. Il s'étonne que ces multinationales annoncent des bénéfices faramineux, assurent à leurs hauts dirigeants des rémunérations plus faramineuses encore, licencient dans le même temps des milliers de salariés qui se perçoivent dès lors comme une simple variable d'ajustement du bilan de l'entreprise. L'économie politique, science « molle » et pourtant si sûre de ses assertions, considère de telles pratiques comme parfaitement morales. Cependant que les clivages politiques continuent à diviser l'opinion entre droite et gauche, se profile subrepticement une autre distinction, cette fois entre les décideurs et les autres.

Ces autres sont ceux dont on parle le moins : les PME, les mutualistes, les associatifs, les petits paysans, commerçants ou artisans, directement menacés. Et les enseignants, dont le statut social s'est effondré. Pourquoi une telle discrimination entre le monde de l'argent, omniprésent, omnipotent, et tout ce qui n'est pas lui ?

23

Les monastères aussi...

L'émergence du mouvement écologique en Europe de l'Ouest au tournant des années 1960-70 doit beaucoup à l'engagement de militants issus des courants protestants. En France, Solange Fernex joua en Alsace un rôle décisif dans le combat antinucléaire autour de la centrale de Fessenheim. De son côté, Édouard Kressmann fondait le mouvement ECOROPA, tandis que les œuvres de Jacques Ellul, de Jean Charbonneau et de Denis de Rougemont mettaient en cause les excès de la civilisation technicienne dont nous découvrons aujourd'hui l'étendue. Tous ont contribué à donner à l'écologie ses titres de noblesse. En revanche, les catholiques restaient frileux. Il a fallu du temps, beaucoup de temps pour que, coupé de la nature depuis la Renaissance, le catholicisme renoue avec l'ancienne tradition des Pères de l'Église qui rencontraient Dieu dans la Bible, mais aussi dans la nature. Une exception : le très charismatique Ivan Illich, prêtre catholique qui, de son centre de Cuernavaca, au Mexique, fut, par ses séminaires et ses livres [1], un authentique prophète de l'écologie.

---

1. Ses œuvres complètes sont publiées aux éditions Fayard.

Aujourd'hui, les temps ont changé. Le mouvement catholique Pax Christi, emmené par mon ami Jean-Pierre Ribaut, ancien haut fonctionnaire chargé de l'environnement au Conseil de l'Europe, et Mgr Stenger, évêque de Troyes, très mobilisé sur ces questions, a inscrit l'écologie dans ses priorités, sur le thème « sauvegarde de la Création ». Mais c'est au sein des monastères que le mouvement écologique connaît depuis quelques années une dynamique nouvelle. Avec l'aide et à l'initiative du WWF, et notamment de mon ami Thierry Thouvenot, l'Alliance intermonastères a lancé un audit s'adressant aux monastères du monde entier afin de mettre en lumière leur implication dans le développement durable.

Qu'est-ce qu'un monastère, sinon une structure donnant priorité à la dimension spirituelle de l'homme, tout en satisfaisant par le travail de ses moines à leurs besoins matériels ? Échappant aux règles du capitalisme sans toutefois négliger les exigences d'une saine gestion économique, les monastères vivent dans une relative autarcie : des structures modestes, mais souvent performantes sur le plan économique. Sauf qu'ici l'économie vient au second plan ; elle ne doit jamais prévaloir sur la quête de spiritualité. Les monastères sont à cet égard les modèles exactement inverses des multinationales. D'un côté, prééminence absolue du pouvoir économique ; de l'autre, priorité à l'élévation spirituelle de l'homme.

En France, le monastère catholique de la Pierre-qui-Vire, en Bourgogne, est à cet égard exemplaire[1]. En

---

1. Cf., sous la direction de M. Stenger, *Planète vie, planète mort*, Cerf, 2005.

relisant son histoire, il apparaît qu'il est venu à l'écologie par la simple nature des choses. Sur sa ferme on pratiqua d'abord, comme partout ailleurs à l'époque, une agriculture intensive, même si elle était orientée vers des productions de qualité. On cultivait alors un plant de pommes de terre commercialisé comme semence, et des céréales présentant des rendements supérieurs à ceux habituellement obtenus dans cette région pauvre du Morvan. Mais, pour mettre en valeur ces terres revêches et acides, les apports d'engrais étaient importants. Malheureusement, les résultats escomptés ne furent pas au rendez-vous et, à partir de 1959, on cessa la culture des pommes de terre. Premier échec. Le monastère n'eut guère plus de chance lorsqu'il développa l'élevage de vaches laitières. On compta à nouveau sur des méthodes intensives de production fourragère et l'on choisit un cheptel de frisonnes, réputées bonnes laitières. Second échec. Il fallut se rendre à l'évidence : le forçage de ces terres du Morvan, poussées vers des productions intensives, entraînait des déséquilibres dont il apparut qu'on ne pourrait les surmonter qu'en se tournant vers l'agriculture biologique. Ce passage se fit en 1965. Le monastère devint la première ferme biologique de Bourgogne, produisant du lait et du fromage de vache et de chèvre. C'est aujourd'hui une affaire rentable.

Dès les années 1960, l'abbaye put réaliser un autre rêve auquel son fondateur pensait déjà en 1850 : la valorisation d'un potentiel hydraulique important dans la vieille tradition cistercienne, habile à capter l'énergie des eaux courantes. Un torrent traverse en effet la propriété et le site permet une hauteur de chute de

31 mètres. On y construisit une microcentrale hydro-électrique aboutissant en 1969 à la fourniture d'électricité au réseau EDF. Dans l'économie globale, tout se passe comme si le monastère fabriquait sa propre électricité, puisqu'il alimente le réseau EDF qui le fournit à son tour, et ce par la production d'une énergie renouvelable, sans aucune pollution. De surcroît, la rivière est toujours suffisamment approvisionnée en eau pour abriter une faune piscicole de qualité. Tout récemment, la chaudière au fioul a été remplacée par une chaufferie au bois, cette ressource étant abondante dans le Morvan. Aucune incidence, par conséquent, sur l'effet de serre, le bois, en brûlant, restituant à l'atmosphère le gaz carbonique qu'il a prélevé sur elle en se constituant par la magie de la photosynthèse. Comme les 60 hectares du monastère ne suffisent pas pour l'alimentation de la chaudière, le monastère s'approvisionne dans les riches forêts du Morvan. Enfin, les eaux usées sont traitées par lagunage, circulant dans des bassins filtrants où les plantes aquatiques se chargent de les dépolluer.

Pour le futur, la Pierre-qui-Vire ne manque pas de projets. Elle étudie la mise en route d'une ou plusieurs éoliennes et l'installation de panneaux solaires pour la production d'eau chaude en été et en demi-saison. La Pierre-qui-Vire est ainsi devenue, de par la volonté de ses moines, un joli microcosme écologique.

Dans le sud de la France, des préoccupations analogues se font jour dans le monastère orthodoxe des moniales de Solan, dans le Gard.

Si la papauté connaît une intense médiatisation, il n'en est certes pas de même du patriarcat œcuménique de Constantinople (Istanbul). Qui sait, par exemple, que le patriarche Bartholomé Ier, primat d'honneur de l'orthodoxie, est un écologiste convaincu et militant ? Depuis 1995, il organise des colloques sur la sauvegarde du patrimoine naturel en Europe, réunissant scientifiques et théologiens de tous pays. Ainsi ai-je participé à l'un d'eux sur le thème « Écologie et monothéisme », tenu au Phanar, siège du patriarcat orthodoxe, à Istanbul, en septembre 1998. La mer Égée en 1995, la mer Noire en 1997, le Danube en 1999, l'Adriatique en 2002 ont fait l'objet de semblables rencontres. À l'issue de ce dernier colloque, le 10 juin 2002, le patriarche Bartholomé Ier et le pape Jean-Paul II ont signé à Venise un document commun sur l'environnement.

La communauté des moniales de Solan comptait huit sœurs et une novice au début de l'année 1991. Elles résidaient alors dans le Vercors, mais dans un site classé où il était impossible de construire pour s'agrandir. La communauté se transporta en novembre 1991 dans le Gard, où elle acquit une propriété viticole de 60 hectares dont 12 seulement étaient cultivés en vignoble, le reste étant couvert de bois et de taillis laissés à l'abandon depuis des décennies. Les moniales, au nombre de quinze aujourd'hui, se mirent à la tâche. Le déclic se produisit lorsqu'elles rencontrèrent mon ami Pierre Rabhi, agrobiologiste réputé, Algérien d'origine, activement présent dans le monde de l'agrobiologie tant en France qu'en Afrique. C'est sous son égide et grâce à ses conseils que fut entreprise la restauration du domaine. Plusieurs orientations se sont alors dessinées. D'abord, la préservation de la biodiversité par une pratique culturale agrobiologique respectueuse des variétés et des espèces présentes sur le domaine. Ces variétés locales, anciennes et robustes, bien acclimatées au site, s'avérèrent suffisamment performantes. Les savoir-faire locaux ont aussi été privilégiés plutôt que la mécanisation intensive. Ils permirent de restaurer 10 hectares de forêt, avec l'aide de la région Languedoc-Roussillon et de l'État, mais aussi de bûcherons et de techniciens motivés et compétents. Solan vise à une relative autosuffisance alimentaire et énergétique. L'objectif est de parvenir à pourvoir à la nourriture d'une quarantaine de personnes grâce au potager, à l'huile de tournesol et bientôt à l'huile d'olive du domaine, au blé et aux fruits du verger. Une chaufferie au bois est à l'étude. Enfin, les produits du domaine sont autant que faire se peut transformés sur place (vin, jus, confitures). Les sœurs de Solan font partie du paysage du marché d'Uzès et des foires locales. Un dernier objectif : consommer localement en privilégiant les achats auprès des producteurs proches dans un esprit d'échange et de partage. Le fromage de chèvre est acheté au chevrier d'un village voisin, lequel fournit en outre au monastère son fumier.

Chaque année, le premier dimanche de septembre, un office, spécialement composé par un moine du mont Athos à la demande du patriarche œcuménique, est célébré dans toute l'orthodoxie, en guise d'action de grâces pour la Création et en manière de supplique pour sa préservation et sa guérison. J'ai moi-même assisté en 1998 à cet office présidé par le patriarche dans une des îles aux Princes, proches d'Istanbul, sur la mer de Marmara. Et les moniales de se référer à la déclaration de Venise cosignée par le pape et le patriarche : « La conscience des relations entre Dieu et l'humanité accroît le sens de la relation entre les êtres humains et l'environnement naturel, cette Création que Dieu nous a confiée pour la garder avec sagesse et amour. »

Les bouddhistes, moins éloignés de la nature que ne le fut l'Occident chrétien depuis la Renaissance, participent activement à l'engagement écologique des monastères. À l'Institut Karma Ling, en Savoie, le lama Denys développe un projet associant dimension spirituelle, démarche intérieure et implication écologique et citoyenne. Tel est le propos du projet d'« écosite sacré » du domaine d'Avallon. Il s'agit de créer un lieu de vie selon une dynamique spirituelle, écologique et de non-violence, sur un haut lieu déjà sanctifié par les pères chartreux, qui y fondèrent un monastère en 1173. Après la Révolution, ce monastère tomba en ruine. Il fut racheté dans cet état en 1979 par les bouddhistes dauphinois. Le domaine d'Avallon, avec ses 55 hectares, offre à ses hôtes une « Maison de la Sagesse » consacrée par le dalaï-lama en 1997. Cette maison est comme un joyau dans l'écrin que forme l'écosite. Il s'agit d'y développer une vie authentique intégrant le patrimoine et les richesses du terroir avec les possibilités d'un tourisme naturel, culturel et spirituel. Les responsables de l'écosite y voient un microcosme avec « ses chakras, ses carrefours énergétiques, ses lieux associés aux différents éléments : terre, eau, feu, vent, espace ». Mais le monastère n'est pas refermé sur lui-même, au contraire. Ainsi les rencontres Islam-Dharma ont permis de relancer une initiative pour la réouverture de la Maison de la Sagesse à Bagdad. Le but est de multiplier ces Maisons de la Sagesse et de les connecter en réseau. Afin de tendre vers une pollution minimale, l'écosite a calculé, avec ses amis du WWF, son « empreinte écologique », c'est-à-dire son impact sur l'environnement.

L'écologie telle qu'elle nous apparaît à travers le prisme déformant de ses seules implications politiques semble parfaitement étrangère à toute ouverture spirituelle. Pourtant, par le biais du dialogue interreligieux et des réseaux constitués entre les monastères, une « écologie spirituelle » tend à se faire jour. Faut-il s'attendre à un retour en grâce de François d'Assise qui fit en son temps le même parcours ? Étonnamment moderne, il vécut, face aux princes de l'Église de son temps, une authentique et rigoureuse pauvreté, anticipant sur la nécessaire sobriété écologique. Il préféra le dialogue risqué avec le sultan, qu'il eut la folle audace d'engager en le rencontrant personnellement, aux sanguinaires affrontements des croisades. Il fit enfin redécouvrir à l'Occident la beauté de la Création et l'amour de la nature qu'avaient chantés bien avant lui les Psaumes et les Pères de l'Église des premiers siècles. Sobriété, non-violence, amour de la nature : le message de François reste d'une surprenante actualité.

Épilogue

Pour un développement durable, équitable, solidaire

Après la Seconde Guerre mondiale, le mythe du progrès devint la nouvelle religion des temps modernes. À l'Ouest, le rêve américain ; à l'Est, les lendemains qui chantent ; partout le même culte du progrès. « Le progrès scientifique et technique ne manquera pas d'engendrer le progrès économique et social », disait-on encore pendant les Trente Glorieuses. De fait, l'attelage des technosciences et de l'économie va bon train. Les pôles de « compétitivité » récemment créés en France associent étroitement scientifiques, entrepreneurs et financiers autour de quelques maîtres mots : « compétitivité », mais aussi « performance », « excellence », « recherche ». De généreuses novations sont les fruits attendus de cette mobilisation.

Dans un dossier consacré aux « inventions qui vont changer nos vies » entre 2006 et 2106, *Le Figaro Magazine* [1] donne la parole à Éric de Riedmatten, auteur d'un

1. *Le Figaro Magazine*, 24 février 2005.

ouvrage sur ce thème [1]. Ce dossier s'ouvre sur des perspectives alléchantes : « Il est 5 heures, Paris s'éveille. En ce matin du 15 septembre 2070, l'Auricom se met à vibrer dans l'oreille de Guy Leclerc. Quelle invention formidable que ce téléphone, une prothèse microscopique et transparente qui se glisse dans le conduit auditif ! Un simple souffle avertit d'un appel, ce qui remplace avantageusement le radio-réveil et ne gêne pas le conjoint. L'homme se lève d'un pas alerte. Il se dirige vers la salle de bains non sans avoir jeté un coup d'œil furtif dans la cuisine pour vérifier que son "home restau" a bien préparé son petit déjeuner ; cette première génération d'appareils concepteurs de plats cuisinés dose les ingrédients, calcule les temps de cuisson et prépare des œufs brouillés au bacon tout à fait convenables. Les lumières s'allument et s'éteignent à la voix [...]. Guy Leclerc jette un regard désinvolte par la fenêtre qu'il a laissée grande ouverte. Il ne souffre plus du vacarme urbain depuis qu'il a fait installer un "annulateur" de nuisances sonores... » Heureux Guy Leclerc qui va consommer pour son petit déjeuner des fraises OGM grosses comme des melons, tout en visionnant avec ses lunettes 3D, partout et en toute confidentialité, les contenus d'Internet ! Bien entendu, le climat est domestiqué et l'on fait désormais la pluie et le beau temps ! Les voitures circulent à 200 kilomètres à l'heure sans pilote. Bref, le progrès s'est poursuivi à un rythme soutenu tout au long de ce siècle, et les craintes des écologistes se sont dissipées.

---

1. É. de Riedmatten, *xxie siècle : les innovations qui vont changer notre vie*, préface d'Axel Kahn, Archipel, 2006.

Filons la métaphore. L'ère des nanotechnologies[1] a pris le relais de celle des biotechnologies. Chaque personne, chaque objet porte partout des puces. Comme le climat, les gènes sont domestiqués, et l'homme touche désormais aux rivages de l'immortalité. Le cancer n'est plus qu'un mauvais souvenir. Quant aux problèmes de l'énergie, ils sont derrière nous, comme d'ailleurs l'usage du gaz et du pétrole. Le projet Iter a permis de maîtriser l'énergie des étoiles en combinant, comme dans le Soleil, deux atomes d'hydrogène pour fabriquer de l'hélium. De surcroît, Iter est installé en France, à Cadarache. Les nanotechnologies ont fait la fortune de Grenoble, devenue un des épicentres mondiaux de la science. Telles sont les promesses de la religion du progrès.

L'apologie du progrès s'accompagne de celle de la croissance, autre dogme de l'économie, de la politique et de... l'économie politique ! Tous feignent d'ignorer qu'une croissance à la chinoise, de l'ordre de 10 % l'an, entraîne un doublement du produit intérieur brut en huit ans. Une croissance à l'américaine, de 5 % l'an, aboutit à une progression de 300 % du PIB en l'espace d'une seule génération, soit vingt-cinq ans. Plus modestement, une croissance à la française, de l'ordre de 2 % l'an, conduit au doublement du PIB en trente-six ans. Mais comme le phénomène est exponentiel, ce dernier serait multiplié par cinquante en deux siècles ! C'est en tablant sur de telles hypothèses de croissance qu'EDF a imaginé son programme de

---

1. Sur les « extraordinaires » promesses des nanotechnologies, on lira R. Kurzweil et T. Grossman, *Serons-nous immortels ?*, Dunod, 2006.

centrales nucléaires au cours des années 1970. Et c'est encore et toujours la manière de raisonner des hauts responsables qui nous gouvernent. Si l'on se fiait à de telles perspectives, les autoroutes n'écouleraient jamais assez vite le flot montant des voitures ; les centrales nucléaires devraient pulluler pour satisfaire une consommation d'électricité galopante ; des flottes pléthoriques finiraient par saturer l'espace aérien afin de répondre à la demande de vacances et de week-ends vers les destinations lointaines... et le budget de la Sécurité sociale exploserait sous la pression de l'offre de soins liée à des technologies de plus en plus coûteuses.

Accepter de bonne ou de mauvaise foi le concept de croissance exponentielle, c'est se placer dans la situation d'un biologiste qui nierait la notion d'équilibres présidant au fonctionnement d'un organisme ou d'un écosystème dont il ne pourrait concevoir l'existence que par sa capacité de multiplier à l'infini les éléments qui le composent ; ce qui, en biologie, a un nom : le cancer. C'est ce que nous rappelle pertinemment Jean-Claude Pierre[1].

Comment éluder dès lors la question d'une croissance infinie sur une Terre finie ? C'est pour tenter de répondre à cette question qu'a émergé le concept de « développement durable ». Cette expression figure pour la première fois dans un texte élaboré en 1980 par l'Union internationale de conservation de la nature (UICN), le Programme des Nations unies pour l'environnement (PNUE) et le World Wildlife Found (WWF) sous le titre *Stratégie mondiale de la conservation*. Ce document a pour sous-titre « La conser-

---

1. J.-C. Pierre, *Pourvu que ça dure !*, Liv'Éditions, 2006.

vation des ressources vivantes au service du développement durable »[1]. Dans son célèbre rapport à l'ONU[2], Mme Brundtland, ancien Premier ministre de Norvège, reprend ce concept et lui donne vigueur. On a retenu de ce rapport cette phrase désormais célèbre qui définit le développement durable comme un « développement répondant aux besoins du présent sans compromettre la capacité des générations futures de répondre aux leurs ». L'ONU a décliné le développement durable en vingt-sept principes dont le troisième affirme : « Le droit au développement doit être réalisé de façon à satisfaire *équitablement* les besoins relatifs au développement et à l'environnement des générations présentes et futures ». Ainsi, au principe de *solidarité* liant nos générations à celles qui nous suivront s'ajoute le principe visant à répartir « équitablement » les ressources et les richesses issues du développement entre tous les habitants de la planète, ici désignés comme les « générations présentes ». Mais nulle part n'est remis en cause le concept de croissance tel qu'il est actuellement défini dans la sphère économique. D'où ces hymnes simultanés à la croissance et au développement durable, émis sans que la compatibilité entre ces deux concepts ait été soigneusement pesée.

Que l'idée de développement s'impose pour les habitants des pays du Sud qui ne parviennent pas à satisfaire leurs besoins les plus élémentaires, mais aussi pour les plus défavorisés des pays du Nord qui

---

1. M. Holdgate, *The Green Web, an Union for World Conservation*, Earthscam Publications, 1999.

2. Commission Brundtland, *Notre avenir à tous*, Éd. du Fleuve, 1989.

stagnent en dessous du seuil de pauvreté et dont le nombre s'accroît, voilà qui ne fait aucun doute. En revanche, on peut s'interroger sur la pertinence du concept de développement pour tous ceux – et ils sont nombreux – qui assouvissent convenablement leurs besoins et pour qui le progrès n'exprime plus que le désir d'avoir toujours plus de superflu ! Quant à la croissance, les arguments des « objecteurs de croissance » exprimés dès 1972 dans le célèbre rapport au Club de Rome *Halte à la croissance ?*[1] restent toujours d'actualité. Dès 1950, le prévisionniste Gaston Berger écrivait : « Notre société est comme une voiture dont les phares sont de portée constante et limitée, et qui fonce de plus en plus vite dans un brouillard de plus en plus épais[2]. » De même Bertrand de Jouvenel, fondateur du groupe de réflexion les Futuribles, écrivait en 1966 : « Selon notre manière de compter, nous nous enrichirions en faisant des Tuileries un parking et de Notre-Dame de Paris un immeuble de bureaux[3] ! »

Pourtant, un demi-siècle plus tard, le PIB, cet indicateur de croissance universellement reconnu, mesure année après année et dans le monde entier l'évolution de la croissance dans chaque pays. On compare les États en fonction de leur PIB par habitant. Mais ce n'est qu'une moyenne qui ne nous dit rien sur le degré d'équité dans le partage des ressources. Combien de très riches ? Combien de pauvres ? Discuter sur le PIB, c'est soulever bien des paradoxes. Le PIB s'accroît ainsi en fonction

---

1. *Halte à la croissance ?*, « rapport Meadows sur les limites de la croissance », Fayard, 1972.
2. Cité par J.-C. Pierre, *Pourvu que ça dure !*, *op. cit.*
3. *Ibid.*

du nombre des accidents de voiture. Ceux-ci stimulent la demande en véhicules neufs, donc la construction automobile, mais aussi l'activité des carrossiers et des garagistes. Et si les usagers sont morts ou blessés, quelle aubaine pour les hôpitaux et les pompes funèbres ! Le PIB, comme le suggère Jean-Claude Pierre[1], ferait un bond spectaculaire si tout le patrimoine forestier d'un pays était converti en quelques années en matériaux de construction, en pâte à papier ou en bois de chauffage. Momentanément, cette croissance s'accompagnerait d'ailleurs d'une baisse du chômage. Une telle politique détruirait les paysages, réduirait la biodiversité, assécherait le climat, bouleverserait le régime des eaux, aggravant les crues : autant de facteurs négatifs résultant de ce « bond en avant » de la croissance. Elle obérerait à terme le tourisme, la pêche, la chasse, l'agriculture et l'alimentation en eau potable.

Le PIB est donc incapable de rendre compte de la « santé sociale » d'un pays. La nécessité se fait ainsi sentir de prendre en compte de nouveaux paramètres afin de disposer d'une évaluation *qualitative* du développement. On a vu fleurir, au cours des dernières années, toute une série de ces nouveaux indicateurs[2]. Mais aucun n'a pu jusqu'ici s'imposer ni détrôner le fétichisme du PIB. Il eût été logique que le concept, riche mais flou, de développement durable conduise à une appréciation nouvelle et à de nouveaux modes de calcul du développement, ce que précisément ces nouveaux indices tentent de faire. Pourtant, on en est

---

1. *Ibid.*
2. J. Gadrey et F. Jany-Catrice, *Les Nouveaux Indicateurs de richesse*, La Découverte, 2005.

encore loin, et l'ONU continue à publier chaque année le PIB de ses États membres, référence incontournable sur l'évolution de l'économie mondiale.

On comprend qu'en matière de développement durable tout reste à faire, d'où une certaine ambiguïté du concept. Certains y voient le nouveau moteur de la croissance, d'autres son infléchissement, d'autres, au contraire, les prémices d'une « décroissance durable » : entendons par là une décroissance de la consommation d'énergie, de la production d'ordures ménagères, de l'utilisation de la voiture individuelle, etc. Il n'y a donc pas de « prêt-à-porter » du développement durable et chaque acteur devra s'approprier ce concept en se référant au plus près aux vingt-sept principes édictés par les Nations unies.

Ce faisant, ces acteurs inscriront leurs projets et leurs propositions dans le cadre du programme d'action pour le XXIᵉ siècle élaboré au Sommet de la Terre de Rio en 1992, et connu sous le nom d'« Agenda 21 ». Ainsi voit-on nombre de collectivités élaborer leur propre Agenda 21 où figurent leurs initiatives prévisibles ou en cours en matière de développement durable. Chacune adapte programmes et projets aux situations locales, tandis qu'apparaît un nouveau concept de gouvernance plus transversal que hiérarchique[1]. En matière de développement durable, la gouvernance revient à rendre l'État plus modeste, la société civile plus présente, la décentralisation plus effective. Aux décisions venues d'en haut se substituent les contrats négociés entre partenaires, l'État se réservant le

---

1. Cf., sous la direction de P. Matagne, *Les Enjeux du développement durable*, L'Harmattan, 2005.

rôle de régulateur. Dès 1973, Daniel Bel faisait déjà ce constat : « L'État est devenu trop grand pour les petits problèmes et trop petit pour les grands[1]. »

Si la compatibilité des concepts de développement durable et de croissance peut poser problème, il en va de même avec le concept, non moins prégnant, de mondialisation de l'économie. Le développement durable ne réussira que s'il s'exerce partout, surtout dans les pays les moins avancés. La multiplication des actions locales entraînera une globalisation implicite qui finira par interdire les délocalisations opportunistes. Choisir, pour s'implanter, un État qui n'appliquerait aucune norme environnementale ou sociétale, permettant ainsi à l'industriel de produire à moindres coûts sans se soucier des retombées négatives de son activité dans le pays et sur la société où il a décidé de se délocaliser, deviendra plus difficile. Et plus difficile encore dès lors que ce concept s'intégrera dans les stratégies des multinationales. La création, au début des années 1990, du Business Council for Sustainable Development, qui regroupe des dirigeants de multinationales, a témoigné de sa pénétration dans le monde des grandes entreprises. Il était temps. Car le capitalisme, principe fondateur du libéralisme, montre aujourd'hui ses limites dans la mesure où il a été incapable, malgré une croissance continue et une production de plus en plus abondante de « richesses », d'assurer un minimum d'équité entre les humains et les peuples. Les salaires exorbitants des grands capitaines d'industrie, des stars du ballon rond et du show-

---

1. D. Bel, *Vers la société post-industrielle*, Robert Laffont, 1973.

biz attirent quotidiennement l'attention de tous, et d'abord des plus démunis, sur ce que Jean-Claude Pierre appelle l'« obscénité des chiffres [1] ». Le communisme s'est effondré, miné par ses propres excès. On ne peut exclure qu'il en aille de même un jour du capitalisme s'il ne redresse pas promptement la barre, acceptant enfin de se soumettre à des règles éthiques strictes. Seul un libéralisme dûment régulé et équitable pourrait assurer un avenir décent aux générations futures et aux peuples les plus pauvres.

De la croissance et de la mondialisation au développement durable un long chemin reste à parcourir pour accéder à une économie et à une société fondées non plus seulement sur le seul profit, mais aussi sur des valeurs éthiques. Tel est l'enjeu fondamental aujourd'hui. Dès son origine, l'idéologie libérale s'est inspirée de l'idée de Hobbes selon laquelle « l'homme est un loup pour l'homme ». Dès lors, les activités humaines ne peuvent se concevoir que si chacun travaille pour soi et pour son seul avantage. Une idéologie sérieusement dopée par la vision darwinienne de la nature qui s'est imposée au XIXe siècle : une nature où règnent la loi de la jungle, c'est-à-dire celle du plus fort, et la sélection naturelle chère à Darwin. Ce modèle issu de l'observation de la nature a été soigneusement transposé par les libéraux à la société, bien que Darwin, sur ses vieux jours, ait fini par douter qu'une telle transposition soit légitime [2]. L'accès à la conscience, pensait-il, amènerait les humains à faire

---

1. J.-C. Pierre, *Pourvu que ça dure !*, *op. cit.*
2. C. Darwin, *La Vie d'un naturaliste à l'époque victorienne*, Belin, 1985.

preuve d'altruisme, c'est-à-dire à faire mentir la vision pessimiste d'un être humain ontologiquement égoïste.

En fait, la vision darwinienne de la nature a été quelque peu forcée et caricaturée par un ami de Charles Darwin, Thomas Huxley, qui voyait dans la nature, si l'on peut dire, une « super-jungle ». À l'inverse et à la même époque, l'anarchiste russe Kropotkine publiait une sorte d'hymne à la nature, dans laquelle il ne voyait que complémentarités, coopérations, mutualismes, symbioses et solidarités[1]. Un autre modèle sinon nécessairement contradictoire, en tout cas complémentaire du modèle darwinien. Mais l'œuvre de Kropotkine ne connut aucun écho, car, déjà au XIXe siècle, la culture anglo-saxonne dominait la planète ; ce qui est plus vrai aujourd'hui encore. Si Darwin insistait sur le pôle de la compétition, Kropotkine mettait en valeur le pôle de la coopération. Or l'un et l'autre exprimaient la double polarité de la vie, à l'instar du *yin* et du *yang* des Chinois.

L'écologie nous amène à une perception de la nature différente de celle de l'âge darwinien, plus ouverte sur les complémentarités et les coopérations qui s'expriment à travers les multiples interactions entre les espèces qui constituent la biodiversité. La notion de mutualisme et de symbiose entre donc dans la biologie, tandis que celle de solidarité vient tempérer et relativiser en économie le dogme de la compétitivité cher au darwinisme social. Si, dans la nature comme dans la société, la sélection compétitive demeure, de nombreux domaines s'ouvrent aux coopé-

---

1. P. Kropotkine, *L'Entraide, un facteur de l'évolution*, Écosociété, coll. « Retrouvailles », 2001.

rations et aux symbioses au sein d'une nouvelle économie, l'économie solidaire, particulièrement propice à
l'inscription dans ses principes des règles du développement durable. L'idée d'une croissance infinie a
d'ailleurs été remise en cause par l'un des pères du
libéralisme, John Stuart Mill, ami du grand entomolo-
giste français Jean Henri Fabre. Il écrivait en 1859 :
« Le maintien de la population et du capital à un
niveau constant ne signifie aucunement la stagnation
de l'humanité. Il y aurait tout autant que par le passé
de perspectives offertes au développement de la
culture sous toutes ses formes, au progrès moral et au
progrès social. Il y aurait toujours autant de disponibi-
lités d'améliorer l'art de vivre et beaucoup plus de
chances de le voir effectivement progresser [1]. »

Stuart Mill ouvrait ainsi la porte au monde de la
culture et de la spiritualité, l'autre grand enjeu de ce
siècle débutant. Par l'éthique qu'il porte en lui, le
concept de développement durable est parfaitement
compatible avec une telle vision du monde où l'économie n'est plus l'alpha et l'oméga de l'aventure
humaine. Au-delà de l'impérialisme de l'économie se
projette, à travers le concept résilient de développement durable, un nouveau monde. Un monde où le
développement sera durable, équitable et solidaire,
appelant les riches à plus de sobriété, dispensant aux
pauvres un peu plus de prospérité, dans le respect des
grands équilibres de la nature et de la vie.

---

1. J. Stuart Mill, *Principes d'économie politique*, cité dans
Halte à la croissance ?, Fayard, 1972.

INDEX

Table

TROISIÈME PARTIE
Gérer sobrement l'énergie

QUATRIÈME PARTIE
La construction écologique

CINQUIÈME PARTIE
Une révolution dans les transports

SIXIÈME PARTIE
Le casse-tête des déchets

Table 251

SEPTIÈME PARTIE
Exemplaires et pourtant si différents

Du même auteur :

Les Médicaments, collection « Microcosme », Seuil, 1969.

Évolution et sexualité des plantes, Horizons de France, 2ᵉ édition, 1975 (épuisé).

L'Homme renaturé, Seuil, 1977 (grand prix des lectrices de *Elle*. Prix européen d'Écologie. Prix de l'académie de Grammont), réédition, 1991.

Les Plantes : amours et civilisations végétales, Fayard, 1980 (nouvelle édition revue et remise à jour, 1986).

La Vie sociale des plantes, Fayard, 1984 (réédition, 1985).

La Médecine par les plantes, Fayard, 1981 (nouvelle édition revue et augmentée, 1986).

Drogues et plantes magiques, Fayard, 1983 (nouvelle édition).

La Prodigieuse Aventure des plantes (avec J.-P. Cuny), Fayard, 1981.

Mes plus belles histoires de plantes, Fayard, 1986.

Le Piéton de Metz (avec Christian Legay), éd. Serpenoise, Presses universitaires de Nancy, Dominique Balland, 1988.

Fleurs, fêtes et saisons, Fayard, 1988.

Le Tour du monde d'un écologiste, Fayard, 1990.

Au fond de mon jardin (la Bible et l'écologie), Fayard, 1992.

Le Monde des plantes, Seuil, collection « Petit Point », 1993.

Une leçon de nature, L'Esprit du temps, diffusion PUF, 1993.

Des légumes, Fayard, 1993.

Des fruits, Fayard, 1994.

Paroles de nature, Albin Michel, 1995.

Dieu de l'Univers, science et foi, Fayard, 1995.

Les Langages secrets de la nature, Fayard, 1996.
De l'univers à l'être, réflexions sur l'évolution, Fayard, 1996.
Plantes en péril, Fayard, 1997.
Le Jardin de l'âme, Fayard, 1998.
Plantes et aliments transgéniques, Fayard, 1998.
La Plus Belle Histoire de plantes (avec M. Mazoyer, T. Monod et J. Girardon), Seuil, 1999.
La Cannelle et le Panda, Fayard, 1999.
La Terre en héritage, Fayard, 2000.
Variations sur les fêtes et les saisons, Le Pommier, 2000.
À l'écoute des arbres, photographies de Bernard Boullet, Albin Michel Jeunesse, 2000.
La vie est mon jardin. L'intégrale des entretiens de Jean-Marie Pelt avec Edmond Blattchen, émission *Noms de Dieux*, RTBF/Liège, Alice Éditions, diffusion DDB, Belgique, 2000.
Robert Schuman, père de l'Europe, éd. Conseil général de la Moselle et Serge Domini, 2001.
Les Nouveaux Remèdes naturels, Fayard, 2001.
Les Épices, Fayard, 2002.
L'Avenir droit dans les yeux, Fayard, 2003.
La Loi de la jungle (en collaboration avec Franck Steffan), Fayard, 2003.
Dieu en son jardin, Desclée de Brouwer, 2004.
La Solidarité chez les plantes, les animaux, les humains (en collaboration avec Franck Steffan), Fayard, 2004.
Nouveau tour du monde d'un écologiste (en collaboration avec Franck Steffan), Fayard, 2005.
Après nous le déluge ? (avec Gilles-Éric Séralini), Flammarion-Fayard, 2006.
La Raison du plus faible (avec Franck Steffan), Fayard, 2009.
Les Vertus des plantes, Chêne, 2009.
Herbier de fleurs sauvages, Chêne, 2009.

 **www.livredepoche.com**

- le **catalogue** en ligne et les dernières parutions
- des **suggestions de lecture** par des libraires
- une **actualité éditoriale permanente** : interviews d'auteurs, extraits audio et vidéo, dépêches…
- **votre carnet de lecture** personnalisable
- des **espaces professionnels** dédiés aux journalistes, aux enseignants et aux documentalistes

Composition réalisée par NORD COMPO

Achevé d'imprimer en avril 2009 en Espagne par
LITOGRAFIA ROSÉS S.A.
08850 Gava
Dépôt légal 1re publication : mai 2009
Librairie Générale Française – 31, rue de Fleurus – 75278 Paris Cedex 06

31/2268/6